Stefan Wellmann

Der frühe Vogel stirbt zuerst

AF216271

Stefan Wellmann

Der frühe Vogel stirbt zuerst

Krimi

Ich widme dieses Buch meinen Eltern, meinen Geschwistern und
meinen Kindern.

(c) 2019 Alle Rechte bei Stefan Wellmann

Bibliografische Information der Deutschen Nationalbibliothek:
Die Deutsche Nationalbibliothek verzeichnet diese Publikation in
der Deutschen Nationalbibliografie; detaillierte bibliografische
Daten sind im Internet über dnb.dnb.de abrufbar.

Umschlaggestaltung: Marie Wölk, www.wolkenart.com
Korrektorat: Michaela Marwich, www.textcheck.agency

(c) 2019 Stefan Wellmann

Herstellung und Verlag: BoD – Books on Demand, Norderstedt

ISBN: 9783748171881

1 Breaking News

Niemand bemerkte an diesem frühen Montagmorgen den dunkel gekleideten Mann, der leise die Haustür aufschloss, zwei Stockwerke nach oben schlich und dort ebenso geräuschlos in seine Wohnung gelangte.

Vor den Fenstern hingen Rollos, wenig Licht drang in den Raum. Der Mann schaltete den Fernseher an. Morgenmagazin, Sportberichterstattung. Die Nachricht hatte sich also noch nicht verbreitet. Er warf den Kaffeeautomaten an und sah, wie sich wenig später der braune, duftende Strahl langsam in den Becher ergoss.

Er trank einen Schluck und wanderte im Raum umher. Das Pochen in seinen Schläfen war nicht mehr so stark, sein Atem beruhigte sich allmählich. Geschafft. Alles lief wie am Schnürchen. Rein, zack, raus. Genau nach Plan. Das traute ihm niemand zu – strikt nach Plan zu handeln. *Zu impulsiv*, sagten sie. Unbeherrscht. Diesmal nicht. Zwar mit Unterstützung, aber geschafft.

Im Fernsehen immer noch das Morgenmagazin. Das Wetter. Regen, wie immer. Es sollte noch trüber werden. Wie recht sie hatten, die Meteorologen, wenn auch auf eine andere Art und Weise. Er schaltete auf den Newskanal. Immer noch nichts. *Ruhig bleiben*, dachte er. Die Nachricht wird kommen. Wieder Morgenmagazin. Jemand stellte ein neues Kochbuch vor.

Er ging zum Fenster, schob mit dem Finger das Rollo etwas zur Seite, nur einen kleinen Schlitz. Nichts. Niemand. Keiner war ihm gefolgt. Er hatte gut aufgepasst und Tage vorher die Flucht mehrfach geübt. Mit dem Fahrrad zu fliehen, war in Nordstadt um diese Zeit genau die richtige Strategie. Dadurch blieb er flexibel und konnte Wege fahren, wohin kein Auto ihm folgen konnte.

Er setzte sich in einen schwarzen Ledersessel, der mit einem über Eck stehenden Sofa eine Sitzgruppe bildete. Er atmete tief durch und merkte, wie allmählich die Anspannung von ihm abfiel. Trotzdem pulsierte sein Blut im Kopf noch. Im Fernsehen nichts Neues. Die hatten doch keine Nachrichtensperre verhängt? Eher nicht, denn jeder wusste, wie wichtig die ersten Stunden nach der Tat für die polizeilichen Ermittlungen sind. Vielleicht feilten sie noch an der richtigen Message. Er trommelte mit den Fingern auf der Sessellehne.

Das Telefon klingelte. Die Nummer kannte er. Er schaltete den Fernseher auf lautlos und drückte auf Annehmen.

»Hallo.«

»Sie haben es noch nicht gebracht. Ist was schief gegangen?«

»Nein. Es lief alles wie geplant. Keine Sorge.«

»Gut. Wie viele?«

»Vielleicht zehn. Ich habe nicht gezählt.«

»War sie dabei?«

»Ich glaube nicht. Urlaub hatte sie keinen. Vielleicht hatte sie sich versteckt. Die Teeküche war abgeschlossen.«

»Hat dich jemand erkannt?«

»Nein. Ging alles ganz schnell.«

»Gut. Also weiter nach Plan.«

»Ja. Genau. Treffen wie vereinbart, wenn sich die ersten Wogen gelegt haben.«

»Klar. Ich bereite alles Weitere vor. Wir wollen ja umfassend informiert sein.«

»Richtig. Bis dann.«

»Pass auf dich auf.«

»Du auch.«

Er drückte den roten Knopf auf dem Display und schaute auf den Bildschirm. Jetzt kam Bewegung in die Sache. Die Moderatorin unterbrach ihre Ansage, das Hintergrundbild wechselte. Sie bekam Zettel zugesteckt, die sie rasch überflog. Sie hob die Augenbrauen, der Mund öffnete sich ein wenig. Dann schaute sie nach links und rechts. Ein Zeichen von Überraschung. Ein leichter Anflug von Angst war auf ihrem Gesicht zu sehen oder täuschte er sich da? Am unteren Rand des Bildschirms blendete der Sender eine durchlaufende Schrift ein:

+++ Breaking News. Anschlag auf das Finanzamt in Nordstadt. Mehrere Opfer. +++

Er musste grinsen. Genauso hatte er sich das immer wieder ausgemalt und jetzt war es eingetreten. Der Wortlaut war fast identisch mit seinen Vorstellungen. Er holte sich einen zweiten Becher Kaffee, setzte sich wieder in den Sessel und ließ den Ton stumm. Wie gebannt schaute er auf den Newsticker und sog jedes Wort ein. Jetzt erneuerte der Sender den Stream.

+++ Breaking News. Beim Anschlag auf das Finanzamt in Nordstadt voraussichtlich ein Dutzend Tote. Gelände von den Sicherheitsbehörden abgeriegelt. +++

Schritt zwei in der Kommunikation. Ungefähre Zahl der Opfer, mehr nicht. Er ging ins Bad und nahm eine heiße Dusche. Die nächste Nachricht würde etwas dauern. Zeit, sich auf den Tagesjob vorzubereiten. Es läuft, wie es laufen muss, dachte er. Er pfiff. I don't like Mondays.

Der Mann trocknete sich ab und setzte sich in den Sessel. Er biss in einen Apfel. Granny Smith. Wieder wechselte die Newszeile auf dem Bildschirm.

+++ Breaking News. Anschlag auf Finanzamt. Erste Anzeichen deuten auf Giftgas hin. Zahl der Toten unklar. +++

Der Mann im Sessel nickte. »Na also, geht doch«, murmelte er und griff nach einem weiteren Apfel.

Er blickte mit den Augen auf einem blauen Müllsack, den er gestern Abend auf dem Sofa deponiert hatte. Er stand auf und steckte die gerade getragene Kleidung hinein. Dann band er den Sack sorgfältig zu. Auf dem Bildschirm erschien eine neue Nachricht.

+++ Breaking News. Bei Giftgasanschlag auf Finanzamt 13 Tote. Einer oder mehrere Täter. Kein Bekennerschreiben. Terrorakt nicht ausgeschlossen. +++

Der Mann schaltete den Ton des Fernsehgerätes wieder auf laut. Der Sender kündigte in einer halben Stunde eine Sondersendung an. Ein Reporter vor Ort wurde live zugeschaltet. Wortreich teilte er mit, dass er auch nichts Näheres wusste. Bilder von Passanten und Schaulustigen. Auch sie hatten nichts gesehen oder gehört. Interviews mit Betroffenen. Einige weinten.

Er schaltete den Fernseher aus. Zeit, zu gehen. Er hängte sich eine Tasche um und griff sich den Müllsack. Genauso geräuschlos, wie er gekommen war, verließ er die Wohnung. Vor der Haustür stopfte er den Sack in einen Müllcontainer. In einer Stunde kam die Müllabfuhr. Dann würde er bereits bei der Arbeit sein und erstaunt die neuesten Nachrichten von seinen Kollegen entgegennehmen. Alles lief nach Plan.

2 Skandinavien

Hauptkommissar Stefan Margret schaute in den Spiegel und dachte nur ein Wort: *Urlaub*.

Er nahm sich an diesem Morgen keine Zeit, sich genauer anzuschauen, wusste er doch, wie er im Moment aussah: Dunkle Schatten unter den Augen, leicht gräulicher Teint, Dreitagebart und erste graue Haare in seinem ansonsten braunem, dichten Haarschopf.

»Hier braucht jemand ganz dringend Erholung«, murmelte er. »Jetzt packen und dann nichts wie weg.«

Der letzte Urlaub war lange her. Kein Wunder, dass ihm die letzten Tage im Dienst immer schwerer gefallen waren. Gestern hatte er eine Zeugin angeschrien, weil sie seine Fragen zu umständlich beantwortet hatte und vorgestern hatte er einen Verdächtigen mit beiden Händen am Kragen gepackt und geschüttelt. Das hatte zwar eine gewisse Wirkung auf das anschließende Geständnis gehabt, aber ihm war klar geworden, er brauchte dringend eine Auszeit. Oberstaatsanwalt Lutz Legat stimmte nach seinem Hinweis auf die gute Aufklärungsquote zu, dass Margret sich vier Wochen aus dem Dienst, wie er es nannte, rausschießen konnte.

Der Kommissar inspizierte den gepackten Rucksack. Alles drin, kein Gramm zu viel. Wichtig für eine Wanderung in Skandinavien. Er zog sich die Wanderschuhe an, die er sich bereits vor einem halben Jahr gekauft und gut eingelaufen hatte. Er liebte es, vorbereitet zu sein, zumindest, was die Ausrüstung betraf. Die Route hatte er nur grob festgelegt. So blieb er flexibel. In vier Wochen, dachte er, würde man selbst im weiten Skandinavien eine Menge sehen können.

Das Telefon klingelte. Auf dem Display stand ›Lutz‹. Sicher wollte er ihm einen schönen Urlaub wünschen.

»Hallo und grüß Gott, Herr Oberstaatsanwalt. Du willst mir sicher eine gute Reise wünschen.«

»Hallo Stefan. Gut, dass ich dich noch erwische. Ich dachte schon, du wärst weg.«

»Bin ich im Prinzip auch. Ich wollte gerade zum Zug. Das Taxi müsste gleich hier sein.«

»Stefan, du musst deinen Urlaub um zumindest einen Tag verschieben. Ich brauch dich hier.«

»Das ist jetzt nicht dein Ernst, Lutz?!« Margret ballte die rechte Faust und spürte, wie ihm die Zornesröte in den Kopf schoss.

»Wir hatten den Urlaub doch abgemacht. Du hast selber gesagt, ich müsste mal dringend einen Tapetenwechsel vornehmen. Was kann denn schon so wichtig sein?«

»Du hast heute noch nicht ferngesehen, oder? Schalt mal ein.«

Widerwillig ergriff Margret die Fernbedienung und schaltete sein Gerät ein. Im TV waren Bilder vom Finanzamt zu sehen, eine Absperrung und jede Menge Neugieriger. In dicken Lettern hieß es über den Bildern ›Giftgasanschlag. Polizei tappt im Dunklen‹.

Margret hielt die Luft an und schaute gebannt auf den Bildschirm.

»Was ist da passiert?«

»Wissen wir noch nicht genau. Gegen sechs Uhr, kurz nach Öffnung des Finanzamtes für die Angestellten, hat ein Verrückter dreizehn Angestellte umgebracht. Bisher gehen wir von einem Täter aus, der offensichtlich über alle Berge ist.«

»Wer bringt denn um sechs Uhr morgens so viele Leute um?«

»Das wüsste ich auch gern, Stefan. Wir wissen auch noch nicht, ob es eine Amoktat war oder vielleicht sogar ein terroristischer Gewaltakt. Jedenfalls brennt die Hütte und du musst mit zum Tatort. Das LKA und der Verfassungsschutz rollen auch schon an.

Der Krisenstab steht, ich soll den zunächst leiten. Ich brauche jetzt jeden erfahrenen Beamten und kann auf dich unmöglich verzichten. Ich hole dich gleich ab.«

Margrets Laune verschlechterte sich. Er versuchte es mit einem letzten Aufbäumen.

»Lutz, kannst du nicht den Behrens mitnehmen? Du weißt, wie wichtig der Urlaub für mich ist.«

»Stefan, der Behrens ist okay, aber ich brauche jemanden, der auch mit dem LKA umgehen kann. Und wenn ich richtig liege, übernehmen die den Fall sowieso. Das heißt, du fährst spätestens in zwei Tagen. Dann arbeitet der Behrens denen zu und du betrachtest das in aller Ruhe aus der Ferne. Komm, gib dir einen Ruck und lass uns zumindest zusammen den Tatort besichtigen. Anschläge haben wir hier nicht jeden Tag.«

»Zwei Tage, mehr nicht.«

»Okay, Deal. Und jetzt komm raus. Ich stehe mit dem Wagen vor der Tür.«

Widerwillig stellte Margret den Rucksack in die Ecke. »Zwei Tage, dann bin ich hier weg«, murmelte er und schloss die Wohnungstür hinter sich. Sein Gefühl sagte Stefan Margret etwas anderes.

3 Finanzamt

Sie fuhren nur eine kurze Strecke, der Tatort lag am Rande der Innenstadt in der Nähe von Margrets Wohnung. Die Polizei hatte das Verwaltungsgebäude großräumig abgesperrt. Trotzdem ließen viele Schaulustige es sich nicht nehmen, einen Blick auf das Geschehen zu werfen.

Margret fluchte: »Immer das Gleiche. Gaffer.«

Legat parkte den Wagen in einer Seitenstraße. Sie stiegen aus und gingen auf einen Polizeibeamten zu, der beim Absperrband stand.

»Hallo Norbert, ganz schön was los«, rief Margret ihm zu.

»Hallo Herr Hauptkommissar. Ja, heute ist ein besonderer Tag. So viel Aufmerksamkeit bekommen wir nicht alle Tage«, entgegnete der uniformierte Beamte und versuchte ein Lächeln. Es gelang nicht, auch weil er merkte, dass der Kommentar angesichts des Geschehens unpassend war. Er räusperte sich.

»Die anderen sind auch schon da«, sagte er dann und zeigte auf die Fahrzeuge der Feuerwehr und des Technischen Hilfsdienstes. »Die werden wir auch alle brauchen. Der Katastrophenschutz ist informiert, ebenso der Landkreis. Das volle Programm halt.«

Margret nickte.

»Verdammtes Durcheinander«, murmelte Legat. »Was ist das denn für eine Truppe dort?« Er zeigte auf eine Gruppe in Zivil, die sichtlich geschockt von einigen Personen betreut wurde.

»Das sind die Psychos, ich meine, unsere Katastrophenbetreuer, die anderen sind Mitarbeiter des Amtes. Alle richtig fertig. Ist ja auch kein Wunder.«

»Und was ist das da hinten?«, fragte Margret den Beamten und zeigte Richtung Straße, wo eine Schar schwarz gekleideter Menschen mit Spruchbändern herumlief.

»Das scheint eine Art Demo zu sein. Leute, die gegen den Staat sind. Tritt jetzt vermehrt auf,« erläuterte Norbert.

»Reichsbürger?«, fragte Lutz Legat.

»Kann sein,« entgegnete der Beamte. »Von hier aus schwer zu erkennen. Wundert mich, dass die hier in aller Herrgottsfrühe schon rumlaufen.«

»Danke Norbert. Das betrachten wir später. Wir gucken uns jetzt erst einmal den Tatort genauer an.« Margret wandte sich zu Legat. »Suchst du nach dem Leiter des Finanzamtes und schaust nach den Einsatzleitern?«

Legat nickte stumm.

»Gut, ich gucke nach den Opfern und versuche, was von den Ärzten zu erfahren. Ich schlage vor, wir treffen uns später.«

Legat nickte erneut.

Margret ging Richtung Haupteingang. Dort lagen einige mit Tüchern verdeckte Opfer auf dem Boden. Ein Mann in weißem Ganzkörperanzug stand daneben und tippte auf seinem Tablet. Er erkannte Margret und nickte.

»Hi Stefan. Schöner Mist. Guck dir das an. Dreizehn Opfer. Das habe ich so noch nicht gesehen.«

»Hi Lutter. Lange nicht gesehen. Was ist denn genau passiert?«

Margret schaute auf den kleinen Mann, den er um zwei Köpfe überragte. Dr. Manfred Lutter, tatsächlich fast kleinwüchsig und ein in Fachkreisen geschätzter Arzt, guckte zerknirscht.

»Der Täter hat die Opfer wahrscheinlich mit einer Art Gift angegriffen. Wie genau, kann ich noch nicht sagen. Im Halsbereich, also da, wo ich mit einer Spritze hineinstechen würde, kann ich so auf den ersten Blick nichts Auffälliges erkennen. Auch im Kopfbereich nichts. Wenn ich nicht wüsste, dass hier jemand eingedrungen ist und die Leute angegriffen hat und ich den hier einzeln angetroffen hätte, dann wäre ich von Herzstillstand oder etwas Ähnlichem ausgegangen. Das ist seltsam.«

»Keine Anzeichen eines Kampfes?«, fragte Margret.

Der Arzt hob ratlos die Hände und schüttelte den Kopf.

»Nee, nichts.«

»Da werden die Gerichtsmediziner sehr gründlich untersuchen müssen. Ich befürchte fast, die finden nichts,« sagte Dr. Lutter.

»Wieso glaubst du das?« Margret hob die Augenbraue.

»Nur so ein Gefühl. Das scheint mir generalstabsmäßig geplant und durchgeführt worden zu sein.«

»Tja, könnte sein,« meinte Margret. Er rieb sich sein Kinn. »Seltsam. Haben wir Zeugen?«

»Einen von der Security. Namen weiß ich nicht. Musst mal einen Kollegen fragen. Hat aber wohl auch nichts gesehen. War im anderen Gebäude.« Dr. Lutter zeigte auf einen kräftigen und drahtigen Mann im schwarzen Outfit, auf dessen Rücken in großen Buchstaben ›Security‹ stand.

»Okay, mit dem unterhalte ich mich später. Wir sollten erst nachsehen, ob es noch andere Opfer gibt und dann alle zusammen in die Rechtsmedizin bringen. Ich brauche so früh wie möglich Todesursache und Begehungsweise.«

Dr. Lutter nickte.

»Geht klar, Margret. Wir beeilen uns. Die Kollegen suchen das Gebäude schon ab.«

Margret schaute sich um und entdeckte den Kollegen Frank Rother.

»Hey Rother. Warst du als Erster am Tatort?« Margret ging auf ihn zu.

»Ja, war ich. Wir erhielten einen Anruf von dem Wachmann und waren zehn Minuten später hier«, entgegnete der Polizist.

»Okay, was habt ihr gesehen?«, fragte Margret.

»Zwei Tote vor dem Haupteingang.«

»Ich denke, der war zu.« Margret hatte einen Notizblock gezückt und schrieb hinein.

»Ja, war der auch, aber eines der beiden Opfer hatte wohl noch die Kraft, den aufzuschließen und das war's dann«, sagte Rother.

»Und was habt ihr gemacht?«, wollte Margret wissen.

»Dann sind wir zu zweit ins Gebäude rein.«

»Ohne Gasmaske?«, fragte Margret erstaunt.

»Wir wussten nicht, was los war. Wer rechnet denn mit so etwas. Und außerdem kam uns einer entgegen, der zunächst noch lebte. Das sah nicht nach Gas aus. Also, wir gingen rein und entdeckten in den Fluren und in den Dienstzimmern lauter Leichen. Die waren umgefallen wie die Fliegen und sofort tot«, berichtete der Polizist.

»Gab es eine Spur vom Täter?«

»Nein. Niemand. Nur die Toten. Richtig gespenstisch.« Rother schüttelte sich. »So etwas habe ich in meiner langen Polizeilaufbahn bisher nicht gesehen.«

»Okay. Die Leichen hier vorne, sind das alle?« Margret zeigte auf die verhüllten Opfer.

»Nein. Wir haben noch fünf gefunden. Die liegen im Empfangsbereich. Hier ist kein Platz mehr. Eventuell gibt es mehr, die Kollegen suchen noch. Aber es scheint bei dreizehn Opfern zu bleiben.«

»Gut, danke für die Info, Rother. Gibt es außer dem Wachmann weitere Augenzeugen?«, fragte Margret. »Außer dem Mann von der Security.«

»Eine Frau hatte sich zur Tatzeit in der Teeküche eingeschlossen. Hat aber einen Schock und ist nicht ansprechbar. Der Arzt hat ihr ein Beruhigungsmittel gegeben und veranlasst, sie ins Krankenhaus zu fahren. Sicher ist sicher. Meinte jedenfalls der Lutter«, berichtete der Wachtmeister.

»Danke Rother.«

Der nickte kurz.

»Sonst noch etwas Auffälliges?«, fragte der Kommissar.

»Na ja, nicht direkt auffällig,« sagte Rother, »aber mir ist bei den Zimmern der Opfer aufgefallen, dass die Namensschilder neben der Tür weg sind.«

»Weg? Was heißt weg?« Margret schaute den Beamten an.

»Nun, also … ich wollte eine Liste mit den Namen machen und habe keine Schilder gefunden. Und dann ist mir aufgefallen, dass alle anderen Türen Namensschilder haben. So wie bei uns im Büro.«

»Seltsam,« bemerkte der Hauptkommissar. »Ob das Absicht war?« Margret machte sich eine Notiz in seinem Block. »Ich kümmere mich darum. Danke, Rother.«

Margret suchte den Bereich nach dem Oberstaatsanwalt ab.

Oberstaatsanwalt Lutz Legat stand neben einem Mann, der einen grauen Anzug trug und auch ansonsten unscheinbar wirkte. Ein Gesicht, das man sofort wieder vergaß. Er konnte seine Tränen kaum zurückhalten und vermittelte auch ansonsten nicht den Eindruck, als ob er der Situation gewachsen war. *Verständlich*, dachte Margret.

»Herr Heller, das ist Hauptkommissar Stefan Margret von der Kripo. Stefan, Herr Heller, der Vorsteher des Finanzamtes«, stellte Lutz Legat die beiden vor.

»Herr Heller war zur Tatzeit zu Hause und wurde von unseren Leuten hergebracht,« fasste Legat das Geschehen zusammen.

»Ich bin immer noch erschüttert«, sagte der Amtsvorsteher. In seine Augen traten erneut Tränen. »Gestern habe ich ihnen noch die Hände geschüttelt. Was soll ich jetzt machen?«

Heller schaute Margret ratlos an.

»Am besten schicken Sie alle Mitarbeiter nach Hause. Schließen Sie das Amt für eine Woche. Haben Sie einen Pressesprecher?«, wollte Margret wissen.

»Ja, den Herrn Meiners, der steht dahinten«, sagte Heller und zeigte in den hinteren Bereich des Vorhofes.

»Okay. Ich spreche mit ihm. Wir setzen eine Nachricht an die Medien ab, dass hier erst einmal dicht ist und richten eine Hotline ein. Die übernehmen die Kommunikation für Sie. Wir arbeiten da mit einer erfahrenen Firma zusammen. Dann haben Sie erst einmal Ruhe. Kommen Sie bitte nachher auf unsere Wache. Wir brauchen Ihre Aussage und besprechen dann alles Weitere«, sagte Margret.

Der blasse Amtsvorsteher nickte dankbar und schlurfte von dannen.

»Wie weit bist du, Stefan?«, fragte der Oberstaatsanwalt den Kommissar. »Wenn ich das richtig sehe, kommen gleich LKA und Staatsschutz vorbei. Wahrscheinlich übernehmen die dann. Außerdem möchte der Polizeipräsident gebrieft werden. Man muss kein Prophet sein, um vorauszusagen, dass das Kreise ziehen wird. Dahinten fahren auch schon die ersten TV-Übertragungswagen vor. Am besten, wir bringen die Leichen unauffällig vom Tatort weg und sichern alle Beweise.«

»Okay, Lutz, ich sorge für den Abtransport«, sagte Hauptkommissar Margret. »Die Ergebnisse sind in der Tat mau. Das Ganze könnte für uns verdammt ungemütlich werden.«

»Ich informiere jetzt den Präsidenten und begrüße unsere Freunde vom LKA. Das da hinten in dem Wagen dürften sie sein.« Legat zeigte auf drei dunkle Limousinen mit dem Kennzeichen der Landeshauptstadt.

»Wie im Film«, entgegnete der Kommissar.

Nachdem die Mitarbeiter des LKA kurz Tatort und Leichen inspiziert hatten, wurden die Opfer in Särgen in Autos geschafft. Als die Wagen abfuhren, wusste Margret, dieser Fall würde der bisher schwierigste seiner Polizeilaufbahn werden. Den Eindruck des Oberstaatsanwaltes, dass das LKA oder der Staatsschutz übernehmen würden, fand er zwar verlockend. Seine Erfahrung sagte ihm allerdings, dass er Skandinavien so schnell nicht betreten würde.

Der Polizist ging in das Foyer des Amtes, wo sich inzwischen die Aufregung gelegt hatte. Irgendjemand hatte sogar Kaffee gekocht. Das umtriebige Herumirren der Beteiligten war einer fast schon beängstigenden, effektiven Routine gewichen. Doch Margret wusste, dies war alles nur äußerlich. Jeder bemühte sich, das Grauen der Tat mit zigmal geübten und praktizierten Routinehandlungen nicht zu sehr an sich heranzulassen. Das würde erst am Abend geschehen, wenn man vermeintlich ein wenig Abstand gewonnen hatte und im heimischen Sessel saß.

Margret schaute auf den großen Bildschirm, der an der Wand hing. Statt Steuertipps des Amtes sah er Bilder eines Nachrichtenkanals. Eine Hubschrauberkamera verfolgte die Leichenwagen, die in einem Konvoi fuhren. Eine gespenstische Szene. Jetzt blendete das Nachrichtenmagazin einen neuen Stream ein:

+++ Opfer des Anschlags geborgen. Totenfahrt in die Rechtsmedizin. +++

4 Mr. Security

Margret entdeckte den Security-Mitarbeiter an einem der Kunden-tische. Er hielt sich an einer Tasse Kaffee fest und starrte an die weiße Wand. Seine kräftige Gestalt war in sich zusammengesun-ken und er wirkte wie ein Häufchen Elend. Margret zeigte seinen Ausweis vor.

»Sie sind von der Sicherheitsfirma, oder? Was ist passiert?« Margret setzte sich neben den Mann und zückte seinen Notizblock.

»Ja stimmt, ick bin Tom Starke. Security,« stellte sich der Mann vor.

»Und Berliner, wie man hört«, entgegnete Margret.

Tom Starke guckte irritiert, besann sich dann auf die Frage und erstattete Rapport.

»Also, icke war in dem anderen Jebäude wegen dem Kopierer. Der war kaputt«, fing Starke an.

»Aha. Ich dachte, Sie machen Security und nicht Kopierer«, fragte Margret.

»Ja, nee, sicher, normal schon. Aber der Hausmeister ist krank und Kopierer kann ick,« beeilte sich Tom Starke zu sagen. »Also, ick war drüben und dann hörte ick Schreie.«

»Wie das?«, unterbrach ihn Margret. »Sie waren doch im ande-ren Gebäude.«

»Ja, nee, stimmt schon. Die Schreie kamen ja von zwei Mitarbei-tern aus dem Gebäude, die gesehen hatten, das drüben in dem an-deren Gebäude jemand rausgelaufen und umgefallen war. Und da-nach noch einer. Deshalb die Schreie.«

»Okay«, entgegnete Margret und griff nach der Kaffeekanne, die ein Mitarbeiter auf den Kundentisch gestellt hatte.

»Und das waren jetzt Bedienstete oder der Täter?«

»Ja, nee, das waren welche von uns, ich meine Mitarbeiter des Hauses«, sagte der Sicherheitsmann.

»Und der Täter oder die Täter? Haben Sie den gesehen?«, fragte Margret.

»Nee, nüscht zu sehen.«

»Und sonst?«, hakte Margret nach.

»Ja, nee, nichts sonst. Voll das Chaos.«

»Geht es bitte etwas genauer?« Margret zupfte an seiner Jacke und trommelte mit den Fingern an der Jeans. »Herrgott, lassen Sie sich nicht alles aus der Nase ziehen. Was passierte genau?« Margret verlor langsam die Geduld mit der Fachkraft für Sicherheit.

»Ja, ich hab‹ dann allen gesagt, sie sollen im Gebäude bleiben.«

»Und?« Margret war jetzt kurz vorm Platzen.

»Ja, dann habe ich eure Kollegen um Verstärkung angefunkt«, entgegnete Tom Starke stolz, so als habe er eine Heldentat vollbracht.

»Und dann sind Sie ins Gebäude gegangen, richtig?«, fragte Margret nach.

»Ja, nee, nicht sofort. Ick wusste doch nicht, was da los war. Das sah nach Amok aus und ick hab‹ doch keene Waffe nicht.« Tom Starke rutschte auf seinem Sitz hin und her. Ihm war jetzt sichtlich unwohl.

»Okay, Sie hatten Schiss und haben Ihre Arbeit nicht gemacht und nach den anderen geguckt. Sehe ich das so richtig?«, hakte Margret nach.

»Na ja, so kann man das nicht sehen. Wir sind ja hier nicht im Film. Aber dann bin icke ja mit den Beamten da rein und habe die Leute auf den Fluren gesehen, wie sie da alle wie tot gelegen haben«, berichtete Starke.

»Die waren ja auch tot, oder?«

»Genau. Keiner rührte sich.«

»Und vom Täter oder von den Tätern keine Spur?«, setze Margret nach.

»Genau. Keine Spur. Da war niemand.«

»Irgendeine Ahnung, wie der oder die reingekommen sind? Um die Uhrzeit war doch der Haupteingang noch zu, oder?«

»Genau. Den schließe icke erst um neun auf und es war erst kurz nach sechs. Wer steht denn so früh auf und bringt dann Leute um?«, sagte der Security-Mann.

»Eine gute Frage, Mister Security«, entgegnete Margret. »Eine verdammt gute Frage.«

5 Ein Wunder

Das Polizeipräsidium lag am Innenstadtwall, ein altehrwürdiges Gebäude aus dem vorletzten Jahrhundert. Auch der große Saal, in dem es von uniformierten Menschen geradezu wimmelte, wirkte mit seinen dunkelbraunen Holzwänden und dem großen Kronleuchter wie aus einer vergangenen Zeit. Nur der Beamer und die Leinwand, die Fotos des Tatortes zeigten, belegten, dass diese Sitzung in der Jetztzeit stattfand.

Der Polizeipräsident hatte noch am Nachmittag des Anschlages alle Beteiligten zur großen Runde eingeladen, um sich ein umfassendes Bild von der Lage zu machen. Gleichzeitig wollte er Handlungsfähigkeit demonstrieren. Er stand vor Kopf des langen U-förmigen Tisches und betätigte eine schwere, wahrscheinlich auch aus einem anderen Jahrhundert stammende Handglocke.

»Ruhe bitte! Wir fangen jetzt an.« Er ließ seinen Worten eine kurze Pause folgen, woraufhin der Rest der Teilnehmer schwieg.

»Wir alle wissen, worum es geht. Wir müssen jetzt schnellstmöglich Licht ins Dunkel dieser schrecklichen Tat bringen. So etwas habe ich, und ich bin ja schon länger bei der Polizei tätig, noch nicht gesehen. Dreizehn Tote und kaum Hinweise. Die Presse lyncht uns dafür. Und die Bevölkerung erwartet von uns zu Recht, dass wir den Fall aufklären. Und, liebe Leute, das erwarte ich auch von Ihnen und das erwarte ich auch von uns. Wir werden dieses Verbrechen aufklären. Das lassen wir nicht mit uns machen. Nicht in dieser Stadt!«

Der Polizeipräsident sah sich um und blickte in entschlossene, zum Teil müde Gesichter. Sie hatten verstanden, das wusste er. Es würde nicht leicht werden, das wusste er. Andererseits, es hatte schon andere schlimme Fälle gegeben. Und alle waren aufgeklärt worden. Zum großen Teil jedenfalls.

»Ich begrüße die Vertreter des LKA und des Staatsschutzes zu unserem ersten Treffen. Ich erwarte, dass wir alle gut zusammenarbeiten. Ich habe gerade mit dem Innenminister gesprochen und er hat mir zugesichert, dass wir auf alle erforderlichen Ressourcen und Experten zugreifen können. Ihm ist, wie Sie sich denken können, an einer schnellen Aufklärung gelegen.«

Er hielt inne und schaute jetzt zu Lutz Legat, der rechts von ihm saß.

»Einige von Ihnen kennen ja Oberstaatsanwalt Lutz Legat. Er koordiniert bis auf Weiteres die Ermittlungen. Solange wir weder was zur Todesursache noch zu möglichen Tätern noch deren Motiven wissen, können wir nicht sagen, wer zuständig ist. Im Moment erkenne ich weder ein terroristisches Motiv, noch haben wir es mit einem Fall zu tun, der zwingend das Einschreiten des LKA erfordert. Aber wir müssen auf alles gefasst sein. Und Oberstaatsanwalt Legat ist ein erfahrener Mann, der mit den meisten der hier vertretenen Abteilungen schon zusammengearbeitet hat. Also, zunächst läuft alles über ihn. Lutz, du hast das Wort.«

Lutz Legat erhob sich, schaute kurz zu Hauptkommissar Margret, der rechts von ihm saß und startete dann seine Präsentation. Die Leinwand zeigte den Tatort. »Heute Morgen um sechs Uhr drangen ein oder mehrere Täter in das Finanzamt ein und töteten 13 Mitarbeiter«, begann Legat seinen Sachstandsbericht.

»Von dem oder den Tätern fehlt jede Spur. Die Opfer wurden mutmaßlich vergiftet, Anzeichen, wie bei Giftgasanschlägen üblich, haben wir aber bisher nicht gefunden. Die Rechtsmedizin fängt in diesen Minuten mit den Obduktionen an. Wir brauchen so schnell wie möglich eine Todesursache. Ich hoffe, wir gewinnen so erste Ansatzpunkte über Tat und Täter. Gleichzeitig hat die Kripo den Tatort großflächig untersucht und diverse Beweise sichergestellt. Über die Aussagekraft wissen wir erst nach einer genauen Sichtung Bescheid.«

Legat hielt kurz inne und blickte in die Runde. Fragen gab es bis jetzt nicht.

»Zu den Hintergründen der Tat, das hat der Herr Polizeipräsident schon ausgeführt, haben wir bisher keinerlei Anhaltspunkte«, fuhr er fort. »Um den operativen Teil der Untersuchung zu bewältigen, hat Hauptkommissar Stefan Margret Mitarbeiter beauftragt, die Infrastruktur für eine gemeinsame Ermittlung der beteiligten Behörden aufzubauen. Die Räume befinden sich bei der Kripo im hinteren Gebäude in der 3. Etage. Wir treffen uns nachher dort, um die Aufgaben zu verteilen. Das Treffen jetzt hier soll dazu dienen, dass jeder einen ersten Eindruck abgeben und Vorschläge für das weitere Vorgehen machen kann. Hauptkommissar Margret gibt jetzt seinen Stand der Ermittlungen bekannt. Stefan, wie sieht es mit der Todesursache aus?«

»Im Moment haben wir nichts Neues.« Margret erhob sich und schaute in die Runde. Der Saal war bis auf den letzten Platz gefüllt. Sogar der Oberbürgermeister hatte seinen Vertreter geschickt. Margret nahm sein Handy aus der Tasche und zeigte es den Anwesenden.

»Wenn Sie erlauben, rufe ich jetzt noch einmal bei der Rechtsmedizin an. Das ist zwar unüblich, aber wir haben auch einen speziellen Fall.« Margret wartete auf das zustimmende Nicken von Legat und des Polizeipräsidenten, dann wählte er die Nummer der Rechtsmedizin.

»Hallo, Professor Seiters. Margret. Wir sitzen gerade im Polizeipräsidium zusammen. Gibt es was Neues? Ich stelle auf laut.«

»Hallo Hauptkommissar Margret,« ertönte es aus dem Lautsprecher. »Es ist gar nicht so einfach, so viele Leichen unterzubringen. Wir mussten erst einmal umräumen. Vor mir liegt die Leiche eines Mannes mittleren Alters. Äußerlich keine Auffälligkeiten. Keine Spuren von Säure, keinerlei Verletzungen. Eine Schnittwunde im Gesicht. Das dürfte aber vom Rasieren stammen. Keine Einstiche von einer Nadel oder Ähnliches.«

Die Stimme des Pathologen verstummte. Hauptkommissar Margret schaute verwundert auf sein Handy.

»Herr Professor, alles in Ordnung?«

»Moment, das ist seltsam«, meldete sich die Stimme des Mediziners.

Margret blickte zu Lutz, der zum Polizeipräsidenten. Über den Lautsprecher hörte man jemanden mit irgendetwas hantieren.

»Das ist wirklich seltsam«, erklang die Stimme aus dem Keller der Rechtsmedizin. »Als ob die Körpertemperatur ansteigt. Das kann nicht sein. Hey Margret, ich melde mich gleich wieder. Das muss ich mir mal genauer angucken. Bis gleich.«

Erstaunt sahen sich die Teilnehmer der großen Runde im altehrwürdigen Saal an. Der Professor für Rechtsmedizin hatte einfach aufgelegt. Margret betätigte ebenfalls die Auflegentaste und räusperte sich.

»Ja, der Herr Professor ist beschäftigt, wie wir gerade gehört haben.« Margret schaute zu Legat. »Ich schlage vor, dass wir auf seinen Rückruf warten. Das klang seltsam.«

Der Polizeipräsident nickte.

»Wir warten. Sonst rufen wir gleich noch mal an.« Der Behördenleiter griff zu einer Flasche Wasser und goss sich etwas in das Glas vor ihm ein. Im Saal herrschte, wie in einem Klassenzimmer, ein reges Getuschel.

Margrets Handy klingelte. Er ging ran.

»Ja, Herr Professor. Was ist los? Okay, ich stelle wieder auf laut.«

Margret hielt das Handy in Brusthöhe in Richtung der Teilnehmer.

»Hallo an alle. Wir haben hier … ja, was eigentlich? Ich würde sagen ein Wunder.«

»Ein Wunder? Was soll das heißen, Herr Professor?« Margret schaute gespannt auf Legat. Legat hob die Schultern hoch.

»Der Mann vor mir auf dem Seziertisch atmet. Schwach, aber er atmet. Es gibt auch einen Puls. Ich habe Notarzt und Krankenwagen gerufen. Die müssten gleich kommen. Die sind ja quasi nebenan.«

»Herr Professor, das kann doch nicht sein. Der Mann war tot. Oder irre ich mich da?« Margret war jetzt, genau wie alle anderen im Raum, aufgeregt.

»Klar war der tot, Margret. Aber jetzt eben nicht mehr. Das verstehe ich auch nicht. Normal wacht hier keiner mehr auf.« Die Stimme von Professor Seiters wurde schriller.

»Herr Professor, was ist mit den anderen?« Margret hielt den Atem an.

»Moment, ich guck mal.« Am anderen Ende der Leitung entstand eine Pause.

»Der hier vorne, der lebt auch. Eindeutig ein Puls. Wie ist das möglich? Jetzt kommt der Rettungsdienst rein. Meine Herren, schauen Sie nach den Personen unter den weißen Tüchern. Suchen Sie nach einem Puls. Ja, ich weiß, wie das klingt. Aber der hier lebt noch. Nun machen Sie schon.«

Die Teilnehmer im Saal hielten den Atem an. Offensichtlich untersuchte der Rettungsdienst nun alle Opfer auf Puls oder sonstige Lebenszeichen.

»Margret, hören Sie mich?« Der Professor brüllte jetzt ins Handy. Seine Stimme kippte über und klang wie ein seltsames Quieken.

»Ja, Herr Professor, wir hören Sie. Was ist los?«

»Die leben alle noch! Hören Sie mich? Die wachen alle wieder auf. Das habe ich noch nicht erlebt. Wir müssen die jetzt versorgen und genau untersuchen. Ich melde mich wieder.«

Die Leitung war tot. Der Professor für Rechtsmedizin hatte erneut aufgelegt.

Margret schaute erst zu Legat und dann zum Polizeipräsidenten. Beide rangen ersichtlich um Fassung. Im Saal erhob sich sofort ein lautes Gemurmel. Die Nachricht stiftete eher Verwirrung als Erleichterung. Zwei Mitarbeiter klatschten vorsichtig. Niemand stimmte ein.

»Na los Margret«, rief der Polizeipräsident, »was stehen Sie noch rum? Fahren Sie sofort in die Rechtsmedizin und machen Sie sich ein Bild von der Lage. Ich brauche einen Bericht.«

Margret und Legat erhoben sich. Der Polizeipräsident ergriff Legats Arm.

»Kein Wort an die Presse. Das gilt für alle. Wir brauchen erst Fakten.«

6 Erwachen

Es war dunkel und still. Wie lange er hier schon lag, wusste Lothar Keller nicht. Allmählich erinnerte er sich, was geschehen war.

Wie jeden Montagmorgen um zwanzig vor sechs fuhr er an diesem Tag zum Finanzamt. Stellte seinen Golf in der Tiefgarage ab, holte seine Tasche mit den Broten und der Thermoskanne aus dem Kofferraum und ging in sein Büro. Wie jeden Tag seit nunmehr über 40 Jahren. Ein kurzer Gruß in Richtung Kollegen, die wie er Frühaufsteher waren. Dann ein Kaffee aus der Thermoskanne, die heutzutage außer ihm kein Mensch mehr zu benutzen schien. Lothar Keller war ein Gewohnheitsmensch, warum auch nicht?

Die obligatorische Zeitung, ein Blick auf den Terminplan und seine sorgfältig erstellte To-do-Liste für die Woche, soweit alles wie immer. Die Putzfrauen hatten seinen Papierkorb nicht geleert. Auch wie immer, ein Fluch der Zeitarbeit. Er hatte einen Zettel für die Frauen geschrieben, denn wenn er am frühen Nachmittag pünktlich ging, waren sie noch nicht im Haus.

Frühes Aufstehen lag ihm überhaupt nicht, aber diese Routine beruhigte ihn seit über 40 Jahren. Bisher jedenfalls. Bisher war morgens auch noch nie ein Mann in sein Zimmer gestürmt. Außer vor 20 Jahren, als es einen Feuerfehlalarm gegeben hatte, weil ein Kollege aus Versehen mit einem Zigarrenstummel erst seinen Papierkorb und dann die Gardine in Brand gesteckt hatte. Seitdem waren Gardinen im Amt verboten und Rauchen sowieso.

An das, was an diesem Morgen passiert war, konnte Lothar Keller sich nur noch dunkel erinnern. Ein schwarz gekleideter Mann mit einer Kapuzenjacke stürmte in sein Zimmer, hielt etwas in der Hand, das entfernt wie eine Pistole aussah. Dann wurde ihm schwarz vor Augen. Er hatte keine Zeit zu irgendeiner Reaktion gehabt. Alles war so schnell gegangen.

Lothar Keller konnte sich nicht bewegen. Nicht seine Augenlider, nicht seine Hände und auch nicht seine Zehen. Selbst im Gesicht gelang ihm keine Miene, so sehr er sich auch anstrengte. Wo war er? Er horchte. Nichts. War er tot? Wenn ja, dann hatte er sich das anders vorgestellt. Bunter. Wo war das Jüngste Gericht? Vielleicht war das jetzt ja der Wartesaal dahin. Nur wie lange würde er dann noch warten müssen? Wie lange hatte er überhaupt hier gelegen? Und was war eigentlich ›Hier‹?

Wenn es dunkel und still war, konnte es sich nur entweder um einen Traum handeln oder er war tot. Einen Traum hielt Lothar Keller für unwahrscheinlich. Dann wäre er ja noch im Büro und eingeschlafen. Das war ihm noch nie passiert. Auch nicht im Sommer bei großer Hitze. Vielleicht hatte ihm der schwarze Mann auch eine Betäubung verpasst, eine Art Sandmann am frühen Morgen. Aber Träume sahen anders aus und fühlten sich anders an. Lothar Keller hingegen fühlte gar nichts. Also doch tot. Oder scheintot. Was die Lage nicht besser machte. Lothar erinnerte sich an die Angst eines englischen Schriftstellers vor dem Scheintod. Der hatte in seinem Sarg ein Telefon mit direkter Standleitung zum Friedhofspersonal legen lassen. Der Name des Schriftstellers fiel ihm nicht ein, er klang jedoch ähnlich wie ein italienischer Fluss. Ein Telefon hätte ihm jetzt aber auch nicht geholfen, denn er konnte sich ja nicht bewegen. Allmählich wurde ihm mulmig, ja er bekam sogar Angst.

Wieder verging Zeit und Lothar Keller rief sich seine Kindheit in Erinnerung. Irgendetwas musste er tun. Plötzlich meinte er, Geräusche zu hören. Ein technisches Geräusch. Als ob jemand eine Leuchtstofflampe anschaltet. Wie in seinem Büro. Schritte. Er hörte Schritte. Jemand schien einen Reißverschluss aufzuziehen.

Nur wo? Eine Stimme. Es klang wie »Der hier hat auch Puls«. Er spürte eine Berührung in seinem Gesicht. Als ob ihn jemand mit der Hand abklopfte. Dann merkte er, dass er seine Augenlider bewegen konnte. Ein Licht, er sah ein Licht. Ein Mann in Weiß beugte sich über ihn. Kein Schwarz. Weiß. Und wieder eine Stimme. »Der hier lebt auch noch.«

Lothar Keller atmete tief durch. *Doch nicht tot.*

7 Rechtsmedizin

Den kurzen Weg zur Rechtsmedizin sprach niemand ein Wort. Margret und Legat standen noch unter dem Eindruck des bizarren Telefonates mit dem Professor. Außerdem fuhr keiner von ihnen gerne in die Pathologie. Das war heute nicht anders als an anderen Tagen.

Der Kommissar lief voran in das Gebäude, der Oberstaatsanwalt folgte. Weil sie sich schon so lange kannten und miteinander arbeiteten, wussten Außenstehende selten, wer der Kommissar war und wer der Oberstaatsanwalt.

Sie trafen Professor Seiters im Kellerbereich. Er erwartete sie. Normalerweise strahlte seine große, erhabene Erscheinung im Reich der Toten eine gewisse Ruhe aus, die vor allem den Hinterbliebenen guttat. Doch heute waren seine Wangen rot angelaufen und Schweißperlen zierten seine hohe Stirn. Er saß auf einer Ecke seines Schreibtisches und zückte gerade sein Stofftaschentuch, als die Besucher eintraten.

»Hallo Margret, hallo Legat. Das ist ein Hammer!« Er gab ihnen die Hand und deutete auf die Besucherstühle. Er selbst lief im Raum umher, wie in der Universität, wenn er eine seiner Vorlesungen gab.

»Das habe ich noch nicht erlebt und auch noch nirgendwo gelesen«, sprudelte es aus ihm heraus. »Ja sicher, dass mal jemand wiederkommt, okay. Aber gleich dreizehn Personen? Ohne Vorwarnung? Ein Hammer!«

»In der Tat, Herr Professor«, schaltete sich Oberstaatsanwalt Lutz Legat ein. »Das habe ich auch noch nicht erlebt. Haben Sie eine Vermutung, womit wir es hier zu tun haben?«

Der Rechtsmediziner legte die Stirn in Falten und wischte sich die beginnende Glatze ab.

»Nun ja, wir haben es wahrscheinlich mit einer Art Scheintod zu tun. Das ist jetzt kein medizinischer Begriff von der Universität. Ich will damit ausdrücken, dass offensichtlich alle Körperfunktionen bei den Opfern so weit heruntergefahren waren, dass sie nur tot erschienen. Also für einen Arzt nicht erkennbar. Weder durch Pulsfühlen, noch durch Atemmessen mittels eines Spiegels.«

»Und die Ursache?«, wollte der Kommissar wissen.

»Schwer zu sagen, da wir keine äußeren Einwirkungen feststellen konnten. Ich habe alle üblichen Stellen für Spritzen abgesucht und den gesamten Körper sorgfältig untersucht. Nichts. Ich tippe auf ein Gas. Allerdings ist mir keines bekannt, das einen Scheintod verursacht. Einen Schwächeanfall, Schwindel, alles das gibt es, aber das hier, das ist mir neu.«

»Haben Sie schon mit einem der Opfer sprechen können?«, fragte Margret nach.

»Nein, die Patienten, so nenne ich sie jetzt mal, waren alle benommen und brachten kaum ein Wort heraus. Wir haben sie zur Beobachtung ins Städtische Krankenhaus gebracht. Wenn sie jetzt hinfahren, bekommen Sie vielleicht schon erste verwertbare Aussagen«, schlug der Mediziner vor.

»Gute Idee«, sagte Margret und erhob sich zusammen mit Legat von den Stühlen. »Vielleicht kann sich jemand an Details des Anschlags erinnern. Jeder Hinweis wäre hilfreich. Professor, melden Sie uns an? Wir fahren gleich los. Ansonsten warten wir auf ihren Bericht.«

»Gut, Margret, ich sage denen Bescheid.« Der Professor griff zum Telefon.

»Sobald die Arztprotokolle vorliegen, werte ich sie mit den medizinischen Daten aus. Das müsste uns erste Aufschlüsse über das Tatwerkzeug liefern. Im Moment können wir nur raten.«

8 Krankenhaus

Der leitende Chefarzt wartete bereits auf sie. Ohne Umschweife brachte er die Ermittler zu den Krankenzimmern.

»Den Patienten geht es den Umständen nach gut. Vor allem sind sie ansprechbar. Ein Teil von ihnen wirkt leicht desorientiert. Ich vermute, dass sich das bald legen wird. Sie können auf jeden Fall kurz mit jedem sprechen«, sagte der Mediziner, der sich ihnen als Dr. Leipholz vorstellte. Er führte sie in ein Patientenzimmer, in dem eine junge blonde Frau lag. Sie sah blass aus und es schien, als ob sie geweint hatte.

»Guten Tag, Hauptkommissar Margret von der Kripo Nordstadt. Das ist Oberstaatsanwalt Legat. Sind Sie in der Lage, uns ein paar Fragen zu beantworten?«, begann Margret das Gespräch.

Maria Schlesinger war dazu bereit und richtete sich in ihrem Bett auf. Sie sprach mit leicht osteuropäischem Akzent und arbeitete schon seit fünf Jahren im Empfangsbereich des Amtes.

»Frau Schlesinger, an was können Sie sich erinnern? Lassen Sie sich ruhig Zeit. Genauigkeit geht vor Schnelligkeit. Fangen Sie ruhig von vorne und damit an, wie Sie das Amt erreicht und Ihren Arbeitsplatz eingenommen haben«, ermunterte Margret die Frau.

»Ich war um zehn vor sechs im Büro«, begann die Frau ihren Bericht. »Ich habe mein Fahrrad vorne abgestellt und bin dann durch die vordere Tür rein, die ich hinter mir zugeschlossen habe. Dann habe ich beim Empfangstresen meine Jacke im Schrank aufgehängt und den Computer hochgefahren. Wie jeden Tag. Danach ein Blick in den Postkorb. Der war aber leer.«

»War da noch jemand zu dieser Zeit im Gebäude, zum Beispiel ein Kollege?«, fragte Margret behutsam weiter.

»Nein, niemand. Die meisten, die früh kommen, gehen als Erstes in die Kantine zum *Kollegialen-Austausch*, wie wir das bei uns scherzhaft nennen. Einige Kollegen lesen still in ihrem Büro Zeitung, andere sortieren ihre Ablage oder stellen ihre Kaffeemaschine an. Na ja, Büro eben.«

Wie bei uns, dachte Margret.

»Und dann kam es zu diesem Zwischenfall, oder?«, wollte Margret jetzt wissen. Befragungen sollten seiner Ansicht nach zwar durchaus locker, aber dennoch zügig durchgeführt werden. Schließlich warteten da draußen noch weitere zwölf Augenzeugen.

»Plötzlich hörte ich ein Geräusch, so als ob etwas auf den Boden gefallen wäre und dann stand da dieser Mann vor mir. Es war schrecklich«, sagte sie und Tränen bildeten sich in ihren Augen.

»Ein Mann also. Überlegen Sie bitte Frau Schlesinger, was hatte der Mann an und war es wirklich ein Mann oder vielleicht doch eine Frau?«, lenkte Margret die Befragung auf die entscheidenden Punkte.

»Ein Mann, ganz sicher. Die Körperstatur. So sieht nur ein Mann aus. Er trug Klamotten in schwarz und hatte eine schwarze Maske auf. So wie bei Motorradfahrern. Er war schlank. Ich tippe auf unter 50, aber genau sehen konnte ich das natürlich nicht. Es ging ja auch alles so schnell.« Frau Schlesinger guckte Margret an wie jemand, der um Nachsicht bittet.

»Ja, das verstehe ich. Das war sicher nicht einfach für Sie. Was tat der Mann dann? Sie sind ohnmächtig geworden, oder?«, setzte der Kommissar vorsichtig nach. Er war zwar ungeduldig, wusste aber, dass dies jetzt ein wichtiger Zeitpunkt in der Befragung war.

»Er hatte irgendetwas in der Hand, der Mann. Vielleicht eine Pistole. Ich konnte das so schnell nicht erkennen. Und dann wurde mir wohl schwarz vor Augen, denn ich wachte erst in diesem seltsamen Keller der Rechtsmedizin wieder auf.« Sie schlug die Hände vors Gesicht und fing an zu weinen.

»Ich glaube, wir unterbrechen jetzt hier«, schaltete sich Dr. Leipholz ein, »das war jetzt alles ein bisschen viel. Wir sollten mit den Befragungen morgen weitermachen.«

»In Ordnung«, sagte Hauptkommissar Margret, »wir schicken Beamte her, die die Befragungen in aller Ruhe vornehmen.« Und Legat, der die ganze Zeit Margret gewähren ließ, ergänzte: »Für heute freuen wir uns, dass alle noch leben.«

Vor der Tür wollte Margret vom Chefarzt noch wissen, ob es schon irgendwelche medizinischen Erkenntnisse gäbe.

»Wir haben Blutproben entnommen und kleine Tests durchgeführt. Einige haben Magen- und Darmverstimmungen, andere weinen, ein paar haben starke Kopfschmerzen. Aber das bewegt sich angesichts des Geschehens alles im normalen Bereich. Besser können wir das erst in den nächsten Tagen einschätzen. Ich sende Ihnen einen genauen Bericht zu«, versprach der Mediziner.

»Gut, Herr Doktor. Dann warten wir mal geduldig und gehen inzwischen den anderen Spuren nach.«

Margret und Legat verabschiedeten sich.

Sie hatten gerade die Zwischentür der Station erreicht, als ein Signal im Flur ertönte. Margret sah sich um und erkannte die rote Lampe über einer Patiententür. Der Chefarzt und eine Krankenschwester stürmten sofort in das Zimmer. Die Ermittler liefen hinterher, blieben aber an der Tür stehen. Das war eindeutig ein Fall für Ärzte.

Margret erkannte einen Mann im Bett, der die Augen geschlossen hatte. Der Arzt rief der Krankenschwester etwas zu, was Margret nicht verstand und sah, wie der Mediziner erst eine Herzdruckmassage durchführte und dann den Defibrillator in die Hand nahm. Er setzte ihn auf die Brust des Patienten. Der Körper bebte, aber der Bildschirm zeigte keine Regung. Der Arzt wiederholte den Vorgang. Wieder keine Reaktion. Er wandte sich kopfschüttelnd zuerst an die Krankenschwester, dann an Margret und Legat an der Tür. Er zog eine Decke über das Gesicht des Mannes. Er war tot.

»Herzstillstand«, sagte Dr. Leipholz, als sie wieder im Flur standen. »Vermutlich der Stress. Der Mann war auch schon über sechzig. Wir hatten ihm etwas zur Beruhigung gegeben, aber offensichtlich hatte es nicht angeschlagen. Gut möglich, dass das Mittel sich mit der Substanz, die ihn scheintot machte, nicht vertrug. Allen anderen geht es gut. Vermutlich hatte dieser Patient eine Herzschwäche, von der wir nichts wussten.«

Zerknirscht stand der Arzt vor den Ermittlern.

»So ein Mist!«, entfuhr es Margret lauter als beabsichtigt. Er schaute Legat an. »Wie hieß der Mann?«, fragte Legat den Mediziner.

»Lothar Keller. Er war einer der Ersten, die erwachten.«

»Und jetzt ist er unser erstes Mordopfer«, sagte Margret und presste die Lippen zusammen. »Was immer der Angreifer beabsichtigt hatte, ab jetzt ermitteln wir wegen Mordes.«

Margret und Legat saßen, jeder einen Kaffeebecher in der Hand, auf dem Krankenhausflur, auf dem die anderen Opfer untergebracht waren. Chefarzt und Assistenten kümmerten sich jetzt ständig um die anderen Opfer. Die Ermittler wollten sichergehen, dass es ihnen gut ging.

»Vielleicht war das Gift zu schwach und die Opfer sterben anschließend doch noch.« Margret schaute Legat an.

Ja, könnte sein, Keller war der erste, auf den der Täter getroffen ist«, sagte der Oberstaatsanwalt. »Wir warten ab, bis die Ärzte Entwarnung geben.«

Zwei Stunden später kam Dr. Leipholz auf sie zu.

»Nach jetzigem Stand sind alle anderen Patienten stabil. Passieren kann natürlich immer noch was, da wir nicht wissen, was das für ein Gift war. Wenn es eines war«, erläuterte der Chefarzt.

»Danke«, erwiderte Margret, »als Zwischenstand reicht uns das zunächst einmal. Also erst einmal nur ein Mord.«

»Vorerst«, ergänzte Legat.

9 Heilung

Die Praxis für Psychotherapie befand sich in der Innenstadt, genauer gesagt in der Altstadt. Dr. Marita Rosen betrieb sie als Einzelpraxis seit über 20 Jahren. Aufgrund ihres Alters nahm sie ausschließlich spezielle Fälle an. Wie den des heutigen Besuchers.

Er war pünktlich, wie die ganzen letzten zwei Jahre. Auf sein Klingeln hin öffnete Dr. Rosen die Praxistür und ließ ihren Klienten herein. Wie immer nickte dieser zur Begrüßung nur. Kein Handschlag. Wie immer ging er zunächst auf die Toilette, um sich die Hände zu waschen. Wie immer ging er dann den Weg in den Praxisraum und setzte sich in immer denselben schwarzen Ledersessel nahe der Tür. Viele Patienten wählten denselben Platz. Einigen gab das Sicherheit. Bei anderen stand in der Akte der Vermerk ›Zwanghafter Charakter‹.

»Das ist unsere letzte Sitzung«, begrüßte die Therapeutin ihren Klienten. Er war, wie immer, in Schwarz gekleidet.

»Ja, ich weiß, die letzte Sitzung«, entgegnete der Klient. Er schaute seine Therapeutin kurz an, dann senkte er den Kopf. Sie hatte, wie immer, ihr Notizbuch auf dem Schoß und machte sich Notizen.

»Sie wirken recht ruhig dafür, dass nun nach so langer Zeit sich wieder etwas in Ihrem Leben verändert«, versuchte Marita Rosen das Eis zu brechen.

»Mein Leben hat sich ja in der letzten Zeit ständig geändert. Dann ist das heute nur eine weitere Veränderung«, entgegnete er und wirkte wie jemand, der sich sehr sorgfältig überlegte, was er sagte. »Und ich habe damit die Auflagen erfüllt.«

»Das stimmt, das kann man so sagen«, erwiderte sie und nahm einen Schluck Tee. Sie trank bei ihren Sitzungen immer Tee. Ihr Gegenüber hatte schon im ersten Gespräch Getränke abgelehnt und hielt sich auch heute daran. »Dieses Gespräch heute dient im Wesentlichen der Bestätigung des guten Eindrucks, den Sie in der letzten Zeit hier vermittelt haben«, fuhr sie fort. »Ich möchte Ihnen heute noch ein paar abschließende Fragen stellen, dann sind wir durch. Okay?«

»Okay.« Der Klient richtete sich auf, seine Schultern spannten sich an. »Fragen Sie.«

Die Therapeutin studierte kurz die Fragen, die sie sich kurz vor der Sitzung notiert hatte. Mit der Hand schob sie eine blonde Haarlocke beiseite und rückte ihre braune Hornbrille zurecht.

»Noch mal zur Historie. Sie haben als Bewährungsauflage zunächst das AAT, also das Anti-Agressionstraining erfolgreich absolviert. Und jetzt sind Sie seit fast zwei Jahren bei mir freiwillig in Psychotherapie und tatsächlich regelmäßig gekommen. Meinen Glückwunsch. Das schafft nicht jeder mit Ihrer Vorgeschichte.«

Der Klient blieb ruhig und zeigte keine Regung. Dann nickte er kurz.

»In der Zeit haben Sie einen neuen Job angenommen, den Sie regelmäßig ausüben, richtig?« Frau Rosen schaute über ihre Brille zum Klienten.

Wieder nickte der Klient stumm.

»Und Sie haben seit einiger Zeit eine feste Freundin, mit der Sie nicht fest zusammenwohnen. Korrekt?«

»Ja«, sagte der Klient. »Ich lebe lieber alleine. Das Zusammenleben überfordert mich noch.«

»Das ist kein Problem. Viele Beziehungen funktionieren allein dadurch gut, dass man gerade nicht zusammenlebt. Aus psychologischer Sicht ist das vollkommen in Ordnung. Was ist mit Ihren Gewaltfantasien?«, fragte sie. »Erleben Sie das noch? Träumen Sie noch häufig davon?«

»Das ist weniger geworden, Frau Rosen«, sagte der Klient und richtete sich erneut in seinem Sessel auf. »Seit ich einen festen Job habe, konzentriere ich mich nicht mehr darauf. Und auch die Beziehung hilft mir. Manchmal spüre ich aber weiter ein Gefühl von Hass und Ungerechtigkeit. Dann greife ich zu den Übungen, die sie mir gezeigt haben. Die Atemtechniken und dieses mentale Zeug.«

»Welche Übung hilft Ihnen da besonders?«, frage die Therapeutin nach.

»Diese Übung, bei der ich mir mein Gegenüber in Gedanken vorstelle und dann seinen Kopf so groß werden lasse, bis er platzt. Das hilft mir, meine Aggressionen zu reduzieren.«

»Ah ja, die Übung ist zwar sehr drastisch, aber vielen Klienten hilft sie«, dozierte Frau Dr. Rosen und notierte die Übung in ihren Schreibblock.

»Was passiert mit Ihnen, wenn Sie jemand versehentlich anrempelt, zum Beispiel im Bus? Das war ja noch vor einiger Zeit ein Problem bei Ihnen und hat dazu geführt, dass Sie eine Therapie für sinnvoll erachteten.«

»Das ist auch viel besser geworden. Es hilft mir, zunächst den Impuls zu unterdrücken, um ihn dann zu Hause mental nachzuspüren. Dann mache ich wieder eine dieser Atemübungen und meistens bespreche ich das dann auch mit meiner Freundin. Das hilft mir sehr.«

»Schön. Sehr schön. Das klingt sehr gut, fast mustergültig«, sagte die Therapeutin. »Sie nehmen noch Ihre Medikamente?«

»Ja. Natürlich. Regelmäßig. Am Anfang hatte ich damit Probleme, weil sich alles unwirklich anfühlte. Dann haben wir ja die Dosis verändert und jetzt vertrage ich das ganz gut.« Der Klient saß jetzt wieder unbewegt in dem Sessel. Nur ab und zu hob er die Hand oder nickte leicht mit dem Kopf.

»Ja, wunderbar, das klingt insgesamt sehr ermutigend und, ich wiederhole mich, beinahe mustergültig. Sagen Sie, Sie haben sich die Haare abrasiert und tragen jetzt eine Glatze. Hatten Sie Lust auf einen neuen Look, oder woher kommt die Idee?«, fragte die Psychologin und beugte sich vor. Dabei musterte sie ihren Klienten sehr genau.

»Ach das. Das war eine Idee meiner Freundin. Die steht nicht so auf Haare und deshalb habe ich mir einen Bodyshaver gekauft und alle Körperhaare abrasiert. Mir gefällt das auch. Ich fühle mich jetzt viel frischer,« erklärte der Mann mit Glatze.

»Okay. Klingt logisch«, erwiderte die Therapeutin und schrieb eine weitere Notiz in ihren Block. »Das machen ja heute auch viele junge Leute. Dann sind wir so gut wie durch.«

Sie schaute den Klienten über ihre Brille hinweg an.

»Also insgesamt habe ich einen sehr positiven Eindruck vom Verlauf der Therapie und natürlich von Ihnen«, sagte sie. »Sie wirken nach zwei Jahren Therapie noch immer etwas kontrolliert, aber wenn man bedenkt, was Sie alles in Ihrem Leben durchgemacht haben: Das Elternhaus, die Zeiten bei Pflegefamilien. Das Waisenhaus. Auffälliges Verhalten. Alles in allem sind Sie auf einem guten Weg. Ich stelle Ihnen unterm Strich eine günstige Sozialprognose aus. Meinen Bericht an ihren Bewährungshelfer werde ich dann Anfang nächster Woche fertig haben. So, wie Sie es wollten.«

Der Klient nickte und lächelte sogar. Die Therapeutin erhob sich, die Stunde war zu Ende.

»Ich wünsche Ihnen alles Gute für Ihren weiteren Lebensweg.«

»Danke schön, Frau Dr. Rosen. Auch für die viele Mühe, die Sie sich gemacht haben.«

Draußen vor der Praxis war es dunkel geworden. Er schlug seinen Mantelkragen hoch und ging unter den Arkaden entlang Richtung Rathaus. Ein Mann kam seitlich auf ihn zu, sah ihn nicht und stolperte in ihn hinein.

»Oh, Entschuldigung, ich habe Sie nicht gesehen«, stotterte der Mann.

Mehr konnte er nicht sagen. Der Glatzköpfige hatte ihm die Faust so fest in die Magengrube geschlagen, dass er nach vorne überklappte. Er fing den Mann geschickt auf und legte ihn unbemerkt in einen Hauseingang. Dann ging er weiter. Er schob sich eine Kappe auf seinen kahl geschorenen Schädel. Inzwischen war es nicht nur dunkel, sondern auch kalt geworden. Nieselregen setzte ein.

10 Espresso

»Wie siehst du die Sache, Stefan? Will uns da jemand zum Narren halten oder um was handelt es sich hier?«

Oberstaatsanwalt Lutz Legat stand am Fenster seines Büros und starrte auf den freigelegten Innenstadtfluss. Schon in der Kindheit hatte ihn Wasser beruhigt und half ihm auch jetzt, seine Gedanken zu sammeln. Wie immer trug er einen dunklen Anzug und ein weißes Hemd.

»Eines weiß ich sicher, Lutz, meinen Urlaub verschiebe ich noch ein paar Tage. Wer immer das auch war, niemand darf mit so etwas durchkommen. Das geht gegen meine Polizistenehre und meinen Gerechtigkeitssinn.«

Hauptkommissar Margret stand jetzt ebenfalls am Fenster und starrte auf den Fluss. Er trug noch immer die Skandinavienschuhe, was nicht auffiel, da er sich im Gegensatz zum Vertreter der Anklage ohnehin leger kleidete.

»Der Fall ist anders als andere. Wir haben zwar keine Ahnung von irgendwelchen Tätern oder Motiven. Aber es fühlt sich krank an. Genau wie für mich geschaffen.«

Lutz Legat hob die Augenbrauen und schaute seinen Freund und Kollegen an.

»Nein, nicht, was du jetzt denkst«, sagte Margret, »Kein kranker Fall für einen kranken Kommissar. Ja, ich bin abgespannt und manchmal reagiere ich etwas über, das stimmt schon. Der Fall kickt mich. Was muss in einem Kopf vorgehen, um so etwas zu planen und durchzuführen? Und war's das schon? Ohne Aufklärung fahre ich nicht in Urlaub.«

»Ich habe dich verstanden, Stefan. Und ich kenne dein Faible für Psychos. Trotzdem müssen wir sehr behutsam vorgehen. Die Presse ist heiß auf den Fall. Wir werden auf Schritt und Tritt beobachtet. Auch von der Politik. Da würde es helfen, wenn du dich zurückhältst«, entgegnete der Oberstaatsanwalt.

»Das kriege ich hin. Noch ist nicht einmal klar, ob das überhaupt unser Fall bleibt. Noch sind das LKA und der Verfassungsschutz nicht raus. Erst wenn die den Abgang gemacht haben, können wir ungestört ermitteln.«

»Ich vermute, dass es an dieser Front gut für uns aussieht«, sagte Legat und steuerte jetzt seine Espressomaschine an. Er füllte einen Siebträger mit Pulver, drückte es mit einem Stempel fest und schraubte ihn in das Gerät. Ein Geschenk seiner Frau zu seiner letzten Beförderung.

»Willst du auch einen?«

»Ja, danke. Was meinst du mit deiner Aussage?«, hakte Kommissar Margret nach und nahm jetzt im modernen Besuchersessel Platz.

»Ganz einfach. Es war zwar ein Anschlag, aber wir haben kein Bekennerschreiben. Selbst die Islamisten schweigen, und die bekennen sich ja zu fast allem. Und wir haben nur einen Toten. Mag jetzt zynisch klingen, aber der starb durch Herzinfarkt. Ich vermute, der Täter wollte niemanden töten. Alle anderen sind unversehrt und wieder aufgewacht.«

Der Oberstaatsanwalt stellte eine kleine Tasse, unverkennbar italienisches Design, vor Margret auf den Tisch und nahm sich auch eine. Er saß in seinem Bürosessel und wippte leicht.

»Habe ich auch schon dran gedacht«, brummte Margret. »Mord bleibt trotzdem Mord. Der oder die Kerle haben es in Kauf genommen, dass da einer herzmäßig nicht durchhält.«

Margret streute Zucker in seinen Espresso, rührte um und trank ihn in einem Schluck aus. Bittersüß.

»Ja klar. Und der Rest ist Freiheitsberaubung und Konsorten. Das war kein Scherz und sollte auch keiner sein.«

Legat nippte an seinem Getränk.

»Wie geht es weiter?«, fragte der Hauptkommissar.

»Wir warten die Zeugenaussagen ab, werten das aus und ich schlage dem Polizeipräsidenten vor, dass wir vor Ort uns um den Fall kümmern. Am besten mit einer SOKO.«

»Der Klassiker. Gut für die Öffentlichkeit«, grinste Margret.

»Und gut für die Ermittlungen«, entgegnete der Oberstaatsanwalt, leerte seine Tasse und stand mit Schwung auf.

11 Polizeipräsident

»Eine SOKO. Grundsätzlich eine gute Idee, Legat, nur, im Moment wissen wir nicht, wohin die Reise gehen soll.« Der Polizeipräsident bereitete sich einen Kamillentee zu. »Der Magen«, sagte er entschuldigend. »Es gibt weder ein Bekennerschreiben noch brauchbare Hinweise. Da wäre jetzt ein Argument nett, warum ich wertvolle Ressourcen binden soll, Herr Oberstaatsanwalt.«

»Es gibt zwei Gründe, warum wir trotz oder gerade wegen dieses dürftigen Ermittlungsstandes eine SOKO einrichten sollten«, sagte Legat. »Erstens zieht dieser Fall schon jetzt alle Medien magisch an. Das verlangt nach gut koordinierter Pressearbeit und einem Mindestmaß an Bündelung der Informationen. Und zweitens lässt die Begehungsweise auf sorgfältige und langfristige Planung schließen. Wer das kann, der macht das auch wieder. Und wenn wir dann erst anfangen, geraten wir in die Defensive. Wir müssen jetzt koordiniert handeln und diesen Impuls in die Medien geben. Die scharren mit den Hufen und warten auf ein Signal.«

Oberstaatsanwalt Legat schaute den Polizeipräsidenten erwartungsvoll an.

»Also gut, überlegen wir mal.« Der Polizeipräsident trank einen Schluck Tee, verzog das Gesicht und kippte den Rest in eine Hydrokultur. Es roch nach Kamille.

»Der Staatsschutz hält sich im Wesentlichen sehr zurück. Die sitzen vor ihren Computern, sprechen mit ihren V-Leuten und finden voraussichtlich nichts heraus, was auf staatsschutzfeindliche Aktivitäten hindeutet. Wir haben in unserer Region ein wenig mit Reichsbürgern zu tun, die sind aber bisher friedlich gewesen. Und von den Spitzeln hat keiner angeschlagen. Meine Einschätzung: Morgen fahren die alle wieder nach Hause und wir dürfen ermitteln und denen schön berichten. Geht das schief, kommen die wieder.«

Der Präsident nahm einen Bericht vom Tisch, überflog ihn kurz und blickte zu Legat.

»Das ist eine vorläufige Einschätzung des LKA. Die halten im Moment ihr Einschreiten nicht für erforderlich. Ich glaube, dass die keine Leute abziehen können und deshalb kneifen. Das geben die natürlich nicht zu und deshalb bieten sie uns ihre volle Unterstützung an.«

Legat hob die Augenbrauen.

»Das heißt auf Deutsch was?«

»Das heißt auf gut Deutsch, dass die gerne einen Mann vor Ort zum Aufpassen abstellen würden. Wegen der Öffentlichkeitswirksamkeit. Übrigens ist das auch der Wunsch des Innenministers.«

»Besser wäre, wenn wir jemanden kriegen würden, der arbeitet. Wir haben gerade einen Engpass im Profiling. Wenn die da jemanden hätten, würden wir zwei Fliegen mit einer Klappe schlagen«, sagte der Oberstaatsanwalt.

»Genau. Und da kommt die ins Spiel.« Der Polizeipräsident hob eine weitere Mappe hoch. ›Bewerbung‹ stand vorne in dicken Buchstaben drauf.

»Ich schulde einem alten Freund einen Gefallen. Er hat mir deshalb die Unterlagen seiner Tochter zugesandt. Rieke Janssen aus Hamburg. Hübsches Mädchen. Berufsanfängerin. Und jetzt kommts's: LKA Hannover und gerade fertig ausgebildete Profilerin. Mit Auszeichnung. USA, Quantico-Besuch, das ganze Paket. Ich denke, die kann uns helfen. Und würde sich in eine SOKO gut einfügen. Was meinen Sie, Legat?«

»Das klingt nach einer guten Lösung. Wann kann sie kommen?«, wollte Legat wissen.

»Tja, die ist vor einer Stunde angekommen und wartet auf das Startsignal«, grinste der Polizeipräsident. Er liebte es, wenn er seinen Untergebenen einen Schritt voraus war oder jemanden von der Staatsanwaltschaft. Das sorgte für Respekt und man vergaß für einen Moment, dass die Besetzung des Polizeipräsidenten in der Regel nach Parteibuch erfolgte.

»Prima, prima«, lobte der Oberstaatsanwalt den Präsidenten und musste auch grinsen.

»Und wir machen erst einmal eine kleine Besetzung, oder?«, setzte Legat nach.

»Ja. Aufstocken können wir immer noch. Und für den Kleinkram suchen Sie sich bitte ein paar passende Leute, die wir dann tageweise freistellen. Also, wie lautet Ihr Vorschlag für das Kernteam?«, wollte der Polizeipräsident wissen.

»Hauptkommissar Stefan Margret übernimmt die Leitung der SOKO, Hauptkommissar Peter Behrens brauchen wir für Recherche und Datenauswertungen, dann Frau Janssen für Täterbeschreibungen und am besten noch jemand für die Presse und die interne Berichterstattung«, schlug Legat vor.

»Einverstanden. Presse und Berichterstattung übernehmen Sie bitte selbst, Legat. Und Sie nehmen auch, das wäre mein Vorschlag, an den Besprechungen der SOKO teil und beraten mit Margret das strategische Vorgehen. Ich rede mit dem Leiter der Staatsanwaltschaft, damit man Sie dafür freistellt«, ergänzte der Polizeipräsident den Plan.

Bevor Legat Einwände erheben konnte, fügte er hinzu: »Ich weiß, ungewöhnlich, dass ein Oberstaatsanwalt so intensiv mitmischt. Aber auch ein ungewöhnlicher Fall. Und ich will, dass nichts schiefgeht, Legat. Das ist Ihr Job, okay?« Der Polizeipräsident erhob sich und reichte Legat die Hand.

»Okay. Wir fangen gleich an. Ich rufe die Truppe zusammen.«

Legat schlug ein, wunderte sich wieder einmal über den ungewöhnlich kräftigen Händedruck des Polizeipräsidenten und ging.

12 SOKO Anschlag

Der Sitzungsraum der Kriminalpolizei erinnerte eher an eine lang gezogene Besenkammer, denn an einen modernen Sitzungsraum für die Bekämpfung ungewöhnlicher Verbrechen. Außerdem lag er an der Straße, was den Vorteil vieler Fenster an der Längsseite hatte, aber den Nachteil, dass der Lärm der Straße deutlich hörbar war.

»Herzlich willkommen zur Gründung der SOKO Anschlag. Ich weiß, das klingt nicht originell, aber die Marketingabteilung hat Urlaub«, scherzte Lutz Legat. Er schaute in die Runde, die außer ihm und Hauptkommissar Margret noch aus einem blonden Mittvierziger mit lichtem Haar und einer jungen, ebenfalls blonden Frau mit langem Haar bestand.

»Unser Auftrag ist es, den Anschlag auf das Finanzamt aufzuklären. Wir fangen mit einem Kernteam unter Leitung von Hauptkommissar Stefan Margret an und können im Einzelfall auf weiteres Personal bei Bedarf zurückgreifen. Ansonsten sind weitere Mitglieder der SOKO Hauptkommissar Peter Behrens und vom LKA Kommissarin Rieke Janssen. Frau Janssen, schön, dass Sie da sind«, sagte Legat zur blonden Frau. Er schaute in Richtung seines Studienfreundes. »Stefan, du hast das Wort.«

»Danke Lutz.« Stefan Margret stand auf und stellte sich vor ein Flipchart.

»First things first, wie der Amerikaner sagt. Wir fangen mit den Basisdingen an. Behrens, besorge uns bitte einen besseren Konferenzraum. Mit Beamer und allem drum und dran. So wie jetzt hier können wir nicht arbeiten. Und Frau Janssen braucht auch ein gutes Zimmer. Kümmere dich da bitte drum.«

»Okay.« Hauptkommissar Peter Behrens machte sich erste Notizen. Sein Lächeln in Richtung Rieke Janssen stieß auf keine Resonanz. Er zuckte mit den Schultern. *Dann eben nicht*, dachte er. Eine kühle Norddeutsche also.

»Ich kümmere mich um die Zeugenaussagen«, fuhr Margret fort. »Behrens, was haben deine Recherchen im Internet ergeben?«, fragte Margret den Computerfachmann unter ihnen.

Behrens klappte seinen Laptop auf.

»Also, in den sozialen Medien und in den uns bekannten verdächtigen Kreisen gibt es keine genauen Spuren. Es wird gerätselt, aber nichts Genaues weiß niemand. Die lose Fraktion der Personen, die wir hier unter dem Begriff Reichsbürger zusammenfassen, hat ihre Sympathie zu dem Anschlag in mehreren Kommentaren ausgedrückt. Das ist aber weit entfernt von einer Bekennerschaft. In letzter Zeit sind die deutschlandweit durchaus aggressiver, gelegentlich sogar militanter geworden. Außerdem haben einige Leute, die der Szene nahestehen, eine kurze Demo am Tatort veranstaltet. Wir sollten das verfolgen, Margret.«

»Gut, Behrens. Mach das. Guck dir die hiesigen Aktivitäten noch genauer an. Die Demo ist mir auch aufgefallen. Befrag mal die Szene, soweit wir da reinkommen. Frau Janssen, Sie sind ja hier als Profilerin dabei. Haben Sie schon eine Idee?« Margret schaute auf die junge, blonde Frau vom LKA.

»Ich habe gerade angefangen, ein Täterprofil zu erstellen. Das dauert noch etwas. Ich persönlich würde von einem weißen Einzeltäter, einem Mann ausgehen. Und ich vermute, er hatte einen oder mehrere Komplizen. Das würde gegen Reichsbürger sprechen. Ihr Auftreten in Deutschland gegen Behörden ist zwar renitent, bisher hatten wir aber noch nie einen Anschlag.«

»Ich glaube nicht an Einzeltäter. Die Reichsbürger passen da prima rein. Das war eine militante Aktion. Da muss man nicht in Amerika studiert haben«, grunzte Behrens.

Rieke Janssen runzelte die Stirn und verschränkte die Arme vorm Körper. »Sehr scharfsinnig«, erwiderte sie.

»Vertragt euch, Leute«, mahnte Margret an. »Team heißt Zusammenarbeit. Und wir dürfen ruhig unterschiedlicher Auffassung sein, solange wir uns respektieren. Geht klar, oder?« Der Hauptkommissar sah seine beiden Mitstreiter an. Janssen nickte, Behrens brummte so etwas wie eine Entschuldigung.

»Also gut.« Er schaute die Profilerin an. »Frau Janssen, wir gehen im Moment ja von einem Anschlag mit einem Gift aus. Was sagt diese mögliche Begehungsweise über den oder die Täter aus?«

Rieke Janssen, die sich inzwischen einen Kaffee eingegossen hatte, klappte ihr Notebook auf. »Abgeleitet aus Präzedenzfällen gibt es vier Tätertypen, die sich mehrere Opfer wählen.« Sie schaute in die Runde, doch niemand widersprach.

»Tätertyp Nummer eins ist der fanatische oder politische Überzeugungstäter«, führte sie weiter aus.

»Ein Terrorist, also?«, fragte Oberstaatsanwalt Legat nach.

»Richtig«, antwortete die Profilerin.

»Nur dass wir im Moment für eine politische Motivation noch keine Belege haben«, warf Behrens ein.

»Stimmt«, bemerkte Margret. »Nur haben wir im Moment überhaupt kein Motiv. Das dürfte auch für die anderen drei Tätertypen gelten, oder?« Sein Blick richtete sich auf die LKA-Beamtin.

»Ja, wir sind am Anfang. Noch wissen wir sehr wenig. Aber vielleicht können wir den Erpresser ausschließen. Bei diesem Tätertyp geht nach einem Anschlag häufig sehr schnell eine finanzielle Forderung ein. Das Paradebeispiel ist das Vergiften von Lebensmitteln in Supermärkten.«

»Okay, wenn heute keine Forderung mehr kommt, scheidet der tatsächlich aus«, sagte Margret. »Und die anderen beiden?«

»Da haben wir noch den Spaßvogel, der solche Anschläge mehr oder weniger aus grobem Unfug begeht. Und schließlich den Rächer. Das ist ein Tätertyp, der eine persönliche Rechnung begleichen will.« Rieke Janssen klappte ihr Notebook wieder zu.

»Mit dem Finanzamt habe ich auch noch eine Rechnung offen«, witzelte Behrens, verstummte aber sofort, als niemand lachte.

»Okay, ein Erpresser und ein Spaßvogel scheiden aus, vorerst«, sinnierte Margret. »Bleibt ein terroristischer Anschlag oder ein Racheakt.« Er wandte sich der neuen Kollegin zu. »Verfeinern Sie das mit den Tätertypen bitte. Mich interessiert vor allem, ob mein Bauchgefühl stimmt. Ich glaube, der schlägt wieder zu. Lutz?«

»Wollen wir es nicht hoffen, Stefan«, erwiderte der Oberstaatsanwalt, »aber ich befürchte, du hast recht. Deshalb sollten wir schnell und strukturiert vorgehen. Ich halte uns die Presse vom Hals. Wir treffen uns wieder, wenn einer was Neues hat. Also, an die Arbeit. Zeigen wir dem oder den Tätern, was gute, effektive Polizeiarbeit ist!«

13 Heidrun Sacher

Die Überlebenden des Anschlags waren am Morgen nach einem letzten, ausführlichen Medizincheck zur Kriminalpolizei gefahren worden. Vier Polizeimitarbeiter begleiteten die jetzt nur noch zwölf Personen. In den Polizeiwagen herrschte Schweigen. Zu tief saß der Schock des schrecklichen Vorfalls noch.

Chefarzt und SOKO hatten sich darauf verständigt, dass ein moderates Vernehmen, so der Wortlaut, möglich sei und bei der Kriminalpolizei stattfinden sollte. Hauptkommissar Margret wartete im Vernehmungszimmer.

Er hatte im Laufe seiner Polizeitätigkeit viele Menschen verhört und vernommen: Verdächtige, Beschuldigte, Täter, Opfer, Zeugen. Am schwersten fiel ihm das Befragen der Opfer. Das verlangte stets Fingerspitzengefühl, welches er manchmal aufgrund des Ermittlungsdruckes nicht immer aufbrachte. Die Befragung würde nicht einfach werden, das wusste er. Erste Vernehmungen am Krankenbett hatten ergeben, dass niemand richtig etwas gesehen hatte. Also kam es auf kleinste Details an. Wieder einmal.

Die erste Zeugin hieß Heidrun Sacher und war, anders als ihr Nachname vermuten ließ, lang und schlank, fast dünn. Unsicher setzte sie sich, rechts und links im Raum herumblickend. Margret begann mit dem üblichen Einstieg.

»Frau Sacher, vielen Dank, dass Sie hier sind. Ich möchte Sie gern als Zeugin hören zu den Geschehnissen von gestern früh. Erzählen Sie doch mal in aller Ruhe und der Reihe nach, wie sich gestern der Vorgang so …«

Weiter kam Margret nicht. Schon beim zweiten Satz schossen ihr die Tränen in die Augen und dann gab es kein Halten mehr. Schluchzend legte sie Arme und Kopf auf den Tisch und wiederholte wie in Trance »War das schlimm, mein Gott, war das schlimm, der arme Herr Keller.« Herr Keller war der mit dem Herzinfarkt.

Na klasse, dachte Margret, *das geht gut los. So kriege ich aus der nichts raus.* Er fasste die Frau behutsam am Oberarm.

»Frau Sacher, Sie sind hier in Sicherheit. Es ist vorbei. Beruhigen Sie sich.«

Er bot ihr ein Taschentuch an, das sie mit Zögern annahm und sich laut und vernehmlich schnäuzte. Allmählich gewann sie ihre Fassung wieder und konnte, wie es auf Beamtendeutsch heißt, Angaben zur Sache machen.

»Ich bin Heidrun Sacher und arbeite jetzt seit 25 Jahren beim Finanzamt. Ich bin für Einkommenssteuer zuständig. Gestern bin ich wie jeden Tag mit dem Auto zur Arbeit gekommen. Da ich im Landkreis wohne, habe ich einen Anspruch auf einen Parkplatz in der Tiefgarage. Da bin ich gestern um Viertel vor sechs rein gefahren, habe den Wagen auf meinem Platz abgestellt und bin dann ins Amt rein. Dort habe ich meine Thermoskanne ausgepackt und die Tageszeitung gelesen.« Sie stockte.

»Okay. Ist Ihnen in der Tiefgarage noch jemand anders aufgefallen?«, wollte Margret wissen.

»Herr Sellinger von der Betriebsprüfung fuhr rein, als ich schon an der Tür war. Das habe ich am Wagen erkannt. Er fährt einen blauen Smart.«

»Auf den haben Sie aber nicht gewartet, Frau Sacher?«

»Nee, dem gehe ich nach dem letzten Betriebsfest aus dem Weg. Wenn der Alkohol trinkt, wird der komisch. War aber sicher ein Ausrutscher. Nicht, dass das später heißt, ich hätte gesagt, er sei Alkoholiker oder so.«

»Alles gut, Frau Sacher. Uns interessiert im Moment ausschließlich der mögliche Tathergang. Haben Sie sonst noch jemanden gesehen?« Margret sah die Frau jetzt aufmerksam an.

»Der Mann von der Security war, glaube ich, auch noch da. Der trägt ja immer Schwarz. Aber wer das jetzt genau war, das weiß ich nicht mehr. Die sehen für mich alle gleich aus. Und dauernd wechseln die.« Sie schaute gegen die Decke und überlegte. »Der Fritze Starke war das jedenfalls nicht. Den kenne ich. Der grüßt auch immer. Wenn der das gewesen wäre, dann hätte der mich auch gegrüßt.«

»Wie sah der Security-Mann aus? War er groß? Welche Haarfarbe hatte er? Irgendein Kennzeichen?« Margret hielt den Atem an. Möglicherweise der erste brauchbare Hinweis auf den oder die Täter.

»Tja, nee. Normal halt. Der stand auch eher so im Schatten einer Säule. Als ob er sich ein Fahrzeug anguckte. Das Gesicht habe ich nicht gesehen. Die Größe weiß ich auch nicht. Eher normal.«

»War es ein Mann? Oder eine Frau?«, bohrte Margret nach.

»Ganz klar ein Mann. Das sind doch immer Männer, oder? Aber ganz sicher bin ich da jetzt nicht.« Sie überlegte wieder. »Wahrscheinlich war es ein Mann«, sagte sie dann mit festerer Stimme.

Na super, der Zeuge, das zuverlässige Wesen, dachte Margret.

»Okay, Frau Sacher. Vielleicht fällt Ihnen dazu später noch etwas ein. Manchmal sagt uns unser Unterbewusstsein etwas, wenn wir entspannt sind. Dann melden Sie sich einfach, ja?«

Die Sachbearbeiterin für Einkommenssteuer lächelte tapfer und nickte.

»Und als Sie am Schreibtisch saßen und Zeitung lasen, was geschah dann?«, führte Margret die Befragung fort.

»Dann ging alles ganz schnell. Jemand öffnete meine Bürotür und ich dachte, es wäre die Gerlinde von nebenan. Wir teilen uns nämlich eine Zeitung«, sagte sie in beinah verschwörerischem Tonfall.

»Es war aber nicht die Gerlinde?«, bemerkte der Kommissar, ebenfalls in leicht verschwörerischem Tonfall.

»Nein, es war der Täter, ein Mann in Schwarz. Er fuchtelte mit etwas vor meiner Nase. Dann gab es ein Klickgeräusch oder so ähnlich und dann wachte ich wieder in diesem ekeligen Keller in der Rechtsmedizin auf.« Mühsam kämpfte sie mit den Tränen, gewann diesen Kampf aber dieses Mal.

»Und den Täter haben Sie nicht erkannt?«

»Nein. Eine schwarze Maske. So wie im Fernsehen. Mehr habe ich nicht gesehen.«

»Und der Mann aus der Tiefgarage, war der das?«

»Das kann ich beim besten Willen nicht sagen, ehrlich Herr Kommissar. Er sah aber danach aus.«

»Eine letzte Frage habe ich noch, dann sind wir hier erst einmal durch. Haben eigentlich alle Mitarbeiter neben der Tür eines Büros ein Namensschild?«

»Ja, klar,« sagte die Zeugin. »Jedes Büro hat ein Namensschild. Damit der Bürger weiß, mit wem er es zu tun hat. Das macht es persönlicher.«

Margret nickte der Zeugin zu und beendete die Befragung.

14 Fritz Starke

Die anderen Vernehmungen liefen nach dem gleichen Muster ab und lieferten ähnliche Erkenntnisse. Margret fasste die mageren Erkenntnisse schriftlich zusammen: Ein Mann mit Maske hielt den einzelnen Opfern lautlos eine Art Waffe vor das Gesicht und alle Opfer wachten erst in der Rechtsmedizin wieder auf. Ein Teil der Zeugen hatte in der Tiefgarage eine Gestalt gesehen, konnte aber niemanden identifizieren, noch Angaben zu Größe und Geschlecht machen.

Hauptkommissar Stefan Margret haute in dem leeren Vernehmungszimmer mit der flachen Hand laut auf den Tisch und brüllte »Scheiße!«. Er rief bei Behrens an.

»Margret hier. Ich sitze im Vernehmungszimmer. Schick mir doch noch mal den Security-Menschen her. Und ich vermisse diese Zeugin aus der Teeküche, Helga soundso. Treib die bitte auf, die Aussage fehlt mir noch. Die Befragung führst du bitte durch. Ach ja, ich brauche dann auch noch einmal den Plan der Tiefgarage vom Finanzamt. Ich glaube, unser Mann kam dort rein.«

»Okay, Stefan, mache ich. Den Herrn Starke schicke ich dir als erstes. Der steht hier gerade rum«, teilte Hauptkommissar Behrens mit und legte auf.

Sichtlich außer Atem betrat Fritz Starke den Raum. Margret breitete den Lageplan auf dem Tisch aus.

»Schön, dass Sie da sind, Herr Starke. Ich habe da zwei, drei Fragen an Sie«, begann der Hauptkommissar das Gespräch.

»Ick helf jerne«, berlinerte Starke und setzte sich. »Dat is die Tiefgarage«, sagte er und zeigte auf den Plan.

»Genau, die Tiefgarage«, entgegnete Margret. »Waren Sie da gestern Morgen drin?«

»Nur so um dreiviertel sechs. Zum Aufschließen. Dann bin ich ja sofort rüber in das andere Gebäude. Wegen der Kopierer, Herr Kommissar.«

»Genau, wegen der Kopierer. Einige Zeugen haben danach in der Tiefgarage einen schwarz gekleideten Mann gesehen und gedacht, das sei der von der Security. Sie waren an dem Tag aber allein da, oder?«

»Na klar, wie jeden Tag. Mehr als einen Wachmann kann det arme Amt sich nicht leisten.« Starke grinste.

»Kommt ja jetzt vielleicht anders nach dem Anschlag. Und Sie sind sicher, das da kein anderer Mann in Schwarz da in der Tiefgarage war?«

»Indianerehrenwort, Herr Kommissar, da war keener. Und mein Ersatz, der Paule, der ist auf Mallorca, Paguera, und kommt erst nächste Woche wieder.«

»Okay, Herr Starke, dann glauben wir das jetzt mal. Gucken Sie bitte hier auf den Lageplan. Da ist der Eingang zur Garage und hier geht es in das Gebäude.« Margret markierte mit einem Bleistift die angesprochenen Punkte. »Kommt da jeder so rein?«

»Nee, Herr Kommissar, dazu braucht man eine Karte. Die hält man dann hier neben der Tür an ein Kästchen, dann wird es grün und man kann die Tür öffnen.«

»Gibt es weitere Kästchen, die man beachten muss?«

»Nein, nur das. Reicht normal ja auch.«

»Nur dass das gestern leider nicht normal war«, bemerkte der Hauptkommissar und faltete den Lageplan zusammen.

15 Helga Reimer

Die letzte Befragung des Tages übernahm Hauptkommissar Peter Behrens. Margret erstellte in der Zwischenzeit eine Zusammenfassung der Aussagen und wartete oben im Konferenzraum auf seinen Bericht. Die Zeugin Helga Reimer hatte graue kurze Haare und war für ihr Alter recht jugendlich gekleidet. Jedenfalls dachte Behrens das, als er das Sweatshirt mit der Aufschrift einer bekannten Kreuzfahrtschiffgesellschaft darauf erblickte. Helga Reimer stand kurz vor der Rente. Vor zwei Jahren hatte sie ihr 40-jähriges Jubiläum gefeiert, eine Zahl, bei der Behrens nicht wusste, ob er Bewunderung oder Mitleid empfinden sollte. Er entschloss sich für Unvoreingenommenheit.

»Sie sind also die Einzige, die zur Tatzeit zwar im Gebäude war, aber nicht vom Täter erwischt wurde. Wie ist es dazu gekommen?«, wollte Behrens wissen.

»Ich war in der Teeküche, wie jeden Morgen, und habe für unsere Abteilung Kaffee aufgesetzt.«

»Und da hat der Täter Sie nicht bemerkt?«

»Doch. Der Kerl sah mich.«

Behrens guckte verwundert.

»Aber er hat Sie verschont, oder wie muss ich mir das jetzt vorstellen?«

»Also«, begann Helga Reimer ihren Bericht, »ich setze den guten Dallmayr prodomo auf, da höre ich so etwas wie Schreie. Ich öffne die Tür und sehe hinten am anderen Ende des Flurs einen schwarzen Mann mit Maske und einer Pistole in der Hand. Der erkennt mich und läuft schnurstracks auf mich los. Ich bin also wieder in die Teeküche rein. Er hämmerte gegen die Tür und brüllte, dass ich aufmachen soll. Wörtlich sagte er: ›Aufmachen, du alte Schlampe‹. Aber ich bin ja nicht blöd. Also rufe ich: ›Niemals‹

und er dann ›Dich kriege ich auch noch‹. Dann hat er wieder gegen die Tür gehauen, Herr Kommissar.«

»Und dann?«

»Dann war Ruhe. Ich bin erst wieder raus, als ich die Polizei hörte.«

»Da haben Sie ja Glück gehabt. Zum Mitschreiben, Frau Reimer. Es war ein Mann mit einer schwarzen Maske, den Sie da gesehen haben?«

»Genau. Er sah jedenfalls wie ein Mann aus und er hatte ja auch eine laute, männliche Stimme.«

»Sprach er mit Akzent?«

»Nee, das war kein Ausländer, Herr Kommissar.«

»Haben Sie seine Stimme gekannt?«

»Nein, diese Stimme kannte ich nicht, aber da war ja auch diese dicke Tür davor.«

»Und die Tür hatten Sie dann abgeschlossen?«

»Nein, die geht von außen nur mit einem Schlüssel auf und den hatte er wohl nicht.«

»Können Sie mir was zur Körpergröße sagen oder sonst irgendwelche Merkmale?«

»Er war normal groß, so 1,70 bis 1,80. Schlank. Ansonsten normal.«

»Okay, und die Maske, wie war die? Konnte man Haare sehen oder trug der Täter einen Zopf? Manchmal sieht man das«, ging der Kommissar in die Details.

»Tja, also Zopf oder so eher nicht. Vielleicht hatte der eine Glatze, so wie das ja heute leider modern ist. Der Kopf oben war glatt, meine ich. Aber das ging alles so schnell, Herr Kommissar.«

»Gut, Frau Reimer. Das war es auch schon für heute. Vielen Dank. Wir sind etwas weiter. Wie geht es Ihnen sonst?«, fragte Behrens nach.

»Mir war heute Nacht immer noch schlecht und manchmal erschrecke ich. Geht das wieder weg?«

»Meistens ja«, beruhigte sie der Hauptkommissar, »allerdings kann das etwas dauern.«

»Wenn Sie noch Fragen haben«, sprach die Zeugin etwas zögerlich. »Ich fahre in einer Woche in Urlaub.«

»Ach so«, erwiderte Behrens. »Ich notiere mir das. Wo geht es denn hin?«

»Kreuzfahrt. Mittelmeer. Ich habe gerade das Getränkepaket gebucht«, strahlte sie.

Hauptkommissar Peter Behrens fasste seine Ergebnisse auf einem Zettel zusammen. Sein Handy klingelte. Das Display zeigte ›Margret‹.

»Ja, was gibt es?«

»Eine kleine unangemeldete Demo der Reichsbürger vor dem Finanzamt. Sie rufen den üblichen Quatsch, dass Deutschland kein souveräner Staat sei und so weiter. Einige haben auch den einen oder anderen Passanten geschlagen. Unsere Kollegen sind vor Ort.«

»Ich habe dir ja gesagt, dass wir ein Auge auf die werfen sollten. Die sind nicht ungefährlich.«

»Okay, Behrens, danke. Wir beobachten das. Aber wahrscheinlich brauchen wir mehr als eine Demo, damit aus denen Verdächtige werden«, sagte Margret.

»Was nicht ist, kann ja noch werden«, brummte Behrens. Er sollte recht behalten.

16 Die Gerichtsvollzieherin

Silke Förster, Gerichtsvollzieherin aus Nordstadt, bereitete sich auf ihren Arbeitstag vor. Statt Innendienst in ihrem stickigen Büro am Bahnhof hatte sie heute Außendienst. Vor ihr auf dem Küchentisch lagen fein säuberlich die einzelnen ›Vorgänge‹, die sie heute abarbeiten wollte. Sie entschied sich für Turnschuhe, statt Pumps, da sie heute ausschließlich zu Fuß gehen wollte. Außerdem trainierte sie in ihrer Freizeit für den Halb-Marathon. In drei Monaten wollte sie beim Berlin-Marathon auf jeden Fall mitmachen. Deshalb wählte sie einen Rucksack statt ihrer Aktentasche. So sah sie auch nicht wie eine Behördenmitarbeiterin aus. Und es passten ihre Sportsachen mit rein.

Ihr Handy klingelte. Der Kollege Heinz Ruthe hatte sie angewählt.

»Hallo Heinz, was gibt es?«, meldete sie sich.

»Hallo Silke, ich bleibe heute zu Hause. Magen und Darm. Ich bin ans Haus gefesselt«, berichtete der Kollege. Seine Stimme hatte diesen leicht leidenden Unterton, den kranke Männer gerne anschlagen, wenn sie kurz vor dem Tod stehen. Jedenfalls war das eine Erfahrung, die Silke mit ihrem Ex Sven machen durfte. Auch deshalb war er nun ihr Ex.

»Ruh dich aus, Heinz und bleib zu Hause«, sprach sie beruhigend auf ihren Kollegen ein. »Sonst steckst du noch jemanden an.« Das hätte ihr jetzt mitten in ihren Wettkampfvorbereitungen gerade noch gefehlt. Auf dem Sofa liegen und Mineralien verlieren. Keine gute Vorbereitung für Berlin.

»Ich bleibe daheim, Silke, keine Angst«. Der Kollege schien ihre Gedanken zu erraten, wusste er doch um Silkes Trainingseifer. »Wir wollten nur ursprünglich zu diesem Manfred Stammheim fahren. Das geht nun nicht.«

»Ach, du meinst den Mann, der so heißt wie der Knast, wo früher diese Terroristen eingesperrt waren und der irgendwie komisch ist«, lachte Silke.

»Ja, der. Aber komisch ist untertrieben. Irgendwie hat der ne Schraube locker. Da sollten wir dann besser zu zweit hingehen, Silke.«

»Hast du das Gefühl, dass der gewalttätig ist?«, fragte die Gerichtsvollzieherin.

»Nein, glaube ich jetzt nicht direkt. Ein seltsamer Kauz, das ist er. Misstraut allen Behörden«, entgegnete Kollege Heinz.

»Okay, ich halte mich fern. Habe ohnehin genug zu tun. Und außerdem bleibe ich immer draußen vor der Tür stehen«, sagte Silke Förster. »Gute Besserung, Heinz.«

Die morgendliche Tour lief schneller ab als gedacht. Wie so häufig war ein Teil ihrer ›Kunden‹ nicht da oder machte nicht auf. Sie hatte es sich abgewöhnt, ums Haus zu schleichen, in der Hoffnung, eine Gardine würde sich bewegen und ein Licht würde angehen. Dann halt der offizielle Weg.

Silke Förster schaute auf die Uhr. Erst elf und damit noch eine Stunde bis zum Mittag. Zu spät, um im Büro vorbeizuschauen, zu früh, um Mittag zu machen. Silke schaute in ihre Akten und suchte nach der Adresse von Manfred Stammheim. *Der Terrorist*, wie sie ihn jetzt grinsend taufte. Sie sah, dass sein Haus ganz in der Nähe stand. *Gucken schadet nicht*, dachte sie sich und ging los, um Herrn Stammheim einen amtlichen Besuch abzustatten.

Sie fand das Haus sofort. Ein typisches kleines Einfamiliensiedlungshaus mit viel Rasen vor der Tür, einigen Gartenzwergen bei den Immergrünpflanzen und einem braunen Jägerzaun als Einfriedungshilfe. Silke grinste und wartete darauf, dass jemand in Kittelschürze aufmachen würde. Es erschien dagegen ein Mann in sandfarbener Cordhose und schwarzer Lederweste, der den Kopf wie ein Adler in Lauerstellung bewegte und laut »Ja, was gibt es?« brüllte.

Silke Förster erschrak, fing sich aber gleich wieder.

»Mein Name ist Förster, ich bin Gerichtsvollzieherin.«

»Schön für Sie. Und jetzt?«, brüllte Herr Stammheim. Offensichtlich sein normaler Umgangston.

»Es geht um mehrere Forderungen, die gegen Sie bestehen, Herr Stammheim, und ich komme, um das Geld in Empfang zu nehmen. Andernfalls müsste ich Sie pfänden«, spulte Silke routiniert ihren Gerichtsvollziehersatz ab.

»Da kann ja jeder kommen. Sie sehen gar nicht wie eine Gerichtsvollzieherin aus. Ausweis?«, brüllte der Hausbesitzer.

Etwas verdattert zeigte Silke ihren Dienstausweis vor und, weil ihm das offensichtlich nicht reichte, auch noch ihren Personalausweis. Manfred Stammheim musterte sie von oben bis unten mit seinem Adlerblick. Dann schaute er wieder auf die Ausweise und hielt sie gegen das Licht.

»Die sind falsch. Völlig falsch«, sagte er und gab ihr beide Papiere zurück.

»Wieso falsch? Die nehme ich immer«, verteidigte sich Silke.

»Und was ist das hier«, fragte Herr Stammheim und zeigte auf den oberen Rand ihres Personalausweises.

»Da steht Bundesrepublik Deutschland, was denn sonst?«, fragte Silke ihren Kunden.

»Sag ich doch, falsch. Die Bundesrepublik Deutschland ist hier gar nicht zuständig. Und ohne Zuständigkeit keine Pfändung. Tut mir leid.« Triumphierend sah er die Gerichtsvollzieherin an.

Kollege Heinz hat recht, dachte Silke. *Tatsächlich ein komischer Vogel. Aber so leicht kommt der mir nicht davon. Da könnte ja jeder kommen.*

»Kein Problem, Herr Stammheim. Dann komme ich eben mit meinem Kollegen wieder«, versuchte Silke Förster, Druck aufzubauen.

»Das hilft auch nichts. Falsch ist falsch. Und ihr Kollege trägt ja wahrscheinlich die gleichen falschen Papiere bei sich. Es ist eine Schande, dass man Ihnen nicht beibringt, dass die BRD kein souveräner Staat ist und deshalb alle Ausweise falsch sind und auch alle sogenannten Staatshandlungen. Und obwohl das feststeht, versuchen sogenannte Staatsdiener immer wieder, das Volk für dumm zu verkaufen«, ereiferte sich Manfred Stammheim.

Okay, Silke, jetzt musst du deeskalieren, sonst geht das hier nicht gut aus, sprach sie innerlich zu sich.

»Herr Stammheim, wir beruhigen uns jetzt beide und überlegen mal, wie wir hier die Kuh vom Eis kriegen. Wir wollen uns ja nicht streiten«, sprach Silke auf den Hausbesitzer ein. *Gut, dass ich mal Sozialpädagogik studiert habe,* dachte sie. *Da weiß man, wie man mit Bürgern sprechen muss.*

»Ich bin ganz ruhig, Fräulein, aber falsch ist nun mal falsch«, beharrte er auf seiner Meinung.

»Okay, Herr Stammheim, was schlagen Sie vor? Was könnte uns jetzt helfen?«, fragte Silke Förster ihr Gegenüber.

»Wir sollten deinen Freund und Helfer rufen. Sollen die doch vermitteln«, schlug Manfred Stammheim vor.

»Gut. Das ist keine schlechte Idee.« Silke Förster war überrascht, denn schließlich war die Polizei ja auch eine deutsche Staatsmacht. *Aber warum nicht?,* dachte sie.

»Vielleicht sollten wir das tatsächlich tun«, sagte die Gerichtsvollzieherin deshalb.

Herr Stammheim zückte auch schon sein Handy und zeigte es ihr vor.

»Die Polizei habe ich unter Favoriten gespeichert. Hilft immer,« erläuterte er.

»Ja, ist dort die Polizei? Ja, hier Stammheim, Weberstraße 21. Es gibt hier einen Streit mit einer Gerichtsvollzieherin. Könnten Sie mal vorbeikommen? In zehn Minuten? Prima. Wir warten.«

»Die kommen gleich«, sagte er zu Silke gewandt.

»In Ordnung, wir warten.«

Silke Förster spürte plötzlich ein seltsames Gefühl in der Magengegend. *Etwas ist hier komisch,* dachte sie. Erst dieser Aufstand wegen ihres Ausweises und dann dieser Vorschlag mit der Polizei. Was stimmte hier nicht? Sie schaute Richtung Straße, wo nun gleich die Polizei vorfahren sollte.

17 Dein Freund und Helfer

Schweigend warteten die Gerichtsvollzieherin und ihr Kunde auf
das Eintreffen der Polizei. Nach kurzer Zeit tauchte ein polizeifarbener
Van auf, der vor dem Haus an der Straße parkte. Es entstiegen
ihm fünf Männer in Uniform. Als sie näher kamen, bemerkte
Silke, dass das unmöglich echte Polizisten sein konnten. Statt des
Niedersachsenpferdes als Emblem zierten drei Räder die täuschend
echt aussehende Kleidung, darunter stand ›Reichspolizei
Nordstadt‹. *Oh Gott, Reichsbürger!*, schoss es Silke durch den
Kopf. Bevor die angeblichen Polizisten sie erreichen konnten, lief
sie über das Grundstück Richtung Nachbarn, übersprang den
Jägerzaun und rannte die Straße hoch. Gut, dass sie sich im Training
befand. So würde sie ihnen entkommen können.

Hinter sich hörte Silke ihre Verfolger. »Polizei, sofort stehen
bleiben!«, riefen sie. Doch Silke Förster dachte nicht im Traum
daran, anzuhalten und spurtete nach rechts den Weg zum
Schwimmbad runter, vorbei an den Kleingärten. Sie sah sich vorsichtig
um. Sie hatte Boden gut gemacht. Reichspolizisten trainierten
offensichtlich weniger als ihre echten Kollegen. Kurz vor
dem Schwimmbad erblickte sie auf der linken Seite einen eindeutig
echten Polizeiwagen. Dein wahrer Freund und Helfer, dachte
Silke und lief schnurstracks auf den Wagen zu. Kurz bevor sie ihn
erreichte, stieg einer der Beamten aus. Zu spät erkannte sie, dass
er nicht nur ebenfalls eine Reichsbürgeruniform trug, sondern auch
einen Taser auf sie abfeuerte.

Silke spürte einen stechenden Schmerz in der Beingegend. Ihre
Muskeln versagten den Dienst und sie fiel der Länge nach auf den
Straßenbelag. Ohne dass sie sich wehren konnte, wurde sie von
den inzwischen zwei Männern aus dem Wagen gefesselt und in

den Kofferraum gesperrt. Sie hörte, wie der Wagen anfuhr. Silke Förster saß in der Falle.

Die Fahrt dauerte nicht lange. Der Kofferraum wurde geöffnet und einer der Reichsbürgerpolizisten zog ihr eine schwarze Kapuze über den Kopf. Jemand hob sie heraus und trug sie ein Stück. Eine Tür ging quietschend auf, die Schritte ihrer Entführer hallten. Sie merkte, wie sie abgesetzt wurde. Jemand zog ihr die Kapuze vom Kopf und versah ihren Mund mit Klebeband. Der Raum war feucht und kalt. Es roch muffig. *Ein Keller, die haben mich in einen Keller gebracht*, durchfuhr es Silke. Ihr wurde flau. Die Täter verließen den Raum und schlossen die Tür ab.

Silke versuchte sich trotz eines aufkommenden Brechreizes zu beherrschen und blickte sich um. Allmählich gewöhnten sich ihre Augen an das Dunkel und sie erkannte erste Umrisse. Durch ein nur notdürftig abgedunkeltes Fenster drang etwas Licht.

Sie hielt den Kopf ruhig. Gab es etwas zu hören? Irgendein Geräusch, dass ihr Aufschluss über ihren Aufenthaltsort gab? Nichts. Dann ein Stöhnen oder ein Wimmern. Mäuse oder Ratten? Nein, das klang anders. Vorsichtig drehte sich Silke um. Sie erstarrte und merkte, wie sie erbleichte. Neben ihr saß eine weitere Person. Sie kannte ihn von einer gemeinsamen Weihnachtsfeier. Das war Ludger Niehues, Rechtspfleger aus dem Bereich Liegenschaften und Grundstücke. Ein weiteres Opfer der Reichsbürger! Sie nickten einander zu. Ludger deutete nach links und dann sah sie das ganze Ausmaß ihrer Misere. Im Raum befanden sich acht weitere gefesselte und geknebelte Personen. Sie erkannte eine Politesse, die ab und zu in ihrer Straße Patrouille lief. Sie spürte, wie sich ihre Nackenhaare aufrichteten und ihr der Schweiß den Rücken herunterlief. Wie lange waren die schon hier?, fragte sie sich. Und warum sucht niemand nach ihnen? Was haben die mit uns vor?

Die Tür öffnete sich, ein Reichspolizist betrat den Raum und näherte sich ihr.

»So, Frau Förster, wollen wir doch mal die Fesseln überprüfen. Perfekt«, sagte er. »Sie haben sich ja sicher mit Ihren Kollegen schon bekannt gemacht. Schön, so viele Diener eines falschen Staates versammelt zu haben.« Er ging Richtung Ausgang und drehte sich im Türrahmen um.

»Keine Angst, es dauert nicht mehr lange. Gleich gibt es Reichsbürgerkunde für alle. Wir warten nur noch auf den Boss.«

Dann verschloss er die Tür von draußen.

18 Eine Spur

»Na, Herr Kollege, hast du was gefunden?«

Rieke Janssen stand in der Tür und schaute auf Hauptkommissar Peter Behrens, der angestrengt auf seinen Bildschirm starrte. Er notierte sich etwas auf Karteikarten, die er neben sich in Häufchen stapelte.

»Aber hallo, Frau LKA, der Reichsbürger an sich ist im Internet reichlich vertreten. Eine Geschichte seltsamer als die andere. Ich glaube, hier werden wir fündig.«

»Ich war zwar jetzt länger in Amerika zur Ausbildung, aber die sind doch völlig harmlos. Die glauben, dass der Staat ohne Legitimation handelt und eigentlich nur eine Art GmbH ist. Deshalb basteln die sich eigene Ausweise und eigenes Geld und nerven die Behörden. Spinner, aber harmlos«, sagte Rieke Janssen.

»So fingen die an, Frau Kollegin.« Peter Behrens zeigte auf seinen Monitor. »Hier, die neuen Auswüchse dieser *liebenswerten* Spinner. Alles satte Straftatbestände. Guck mal.«

Rieke Janssen schaute sich die Internetseiten, die ihr SOKO-Kollege durchklickte, genauer an. In dem Wagen eines verdächtigen Reichsbürgers fand die Polizei im Kofferraum so viele Waffen, dass man damit mehrere Überfälle hätte verüben können. Außerdem immer wieder Berichte über tätliche Angriffe auf Politessen. Und sogar ein kaltblütiger Polizistenmord der Reichsbürger befand sich unter den von Behrens recherchierten Taten.

»Okay, das ist nicht mehr nur seltsam, das ist eindeutig kriminell«, pflichtete sie ihrem Kollegen bei. »Das erinnert ja schon fast an die berüchtigten Wehrsportgruppen.«

»Die Dimension hat es vielleicht noch nicht und es gibt auch tatsächlich unter ihnen viele harmlose Spinner. Aber die Zunahme von Gewalt und das verstärkte Einsetzen von Waffen ist alarmierend. Die könnten durchaus etwas mit unserem Angriff auf das Amt zu tun haben.« Behrens lehnte sich zurück und schaute seine Kollegin an.

»Ja, denkbar. Und es geht auch tatsächlich um eine staatliche Stelle. Das würde passen. Tätertyp eins, der Überzeugungstäter. Im Moment tendiere ich noch zu einem Einzeltäter mit einer speziellen Motivation. Irgendwie glaube ich eher an Rache. Ist aber nur ein Bauchgefühl.«

Offensichtlich beharrte sie nicht auf ihrer Meinung und Behrens fand sie gleich viel sympathischer. Vielleicht ließ sich, so dachte er, mit der neuen Kollegin ja doch ganz gut zusammen arbeiten. Obwohl sie vom LKA war und wahrscheinlich, so seine Vermutung, Karriere machen wollte.

»Wir können ja wetten«, schlug Behrens vor. »Apropos Bauch, ich könnte was essen. Wollen wir in die Kantine gehen?«

»Gute Idee. Auch das mit der Wette.«

In der Kantine stellte Behrens seine Kollegin einigen anderen Polizisten vor. Sie saßen alle zusammen an einem langen Tisch und aßen das Mittagsmenü. Wie an jedem Dienstag gab es Burger. Der Kantinenwirt liebte deftiges Essen und die Erfindung der ›leichten Küche‹ hatte sich bis zu ihm noch nicht herumgesprochen. Die Beamten unterhielten sich über den Anschlag und andere Tagesaktualitäten.

»Habt ihr mitbekommen, dass einige Leute aktuell vermisst werden?«, fragte Müller von der Vermisstenstelle in die Runde.

»Nee, wer denn?«, fragte Behrens zurück.

»Eine Politesse ist nicht zum Dienst erschienen. Keine Abmeldung. Nichts. Und ein Mitarbeiter des Katasteramtes scheint auch wie vom Erdboden verschwunden zu sein.«

»Oho, das klingt seltsam«, bemerkte Behrens.

»Noch jemand?«, fragte Rieke Janssen nach.

»Ja, wir haben nach dem Anschlag bei allen Behörden im Umkreis nach Auffälligkeiten gefragt. Jetzt häufen sich die Vermisstenfälle. Das Amtsgericht meldete, dass ein Rechtspfleger nicht zum Dienst erschienen ist. Seine Verlobte weiß auch nichts über dessen Verbleib.«

»Das klingt nach einem Muster.« Behrens schob seinen Burger beiseite, schaute zu Rieke Janssen und dann zu Müller.

»Wir brauchen eine Auflistung. Name, Behörde, wann zuletzt gesehen. Geht das schnell?«

»Schicke ich dir sofort«, sagte Müller und stand auf.

Behrens griff derweil zu seinem Handy und rief Margret an.

»Komm mal zu mir ins Büro. Ich glaube, wir haben eine Spur.«

Margret wartete vor der Tür, als Behrens und Janssen ankamen. Behrens hatte gerade die Liste der vermissten Personen bekommen und hielt sie Margret hin.

»Das ist kein Zufall, Stefan«, sagte er und schloss sein Büro auf. Er ging sofort auf einen Stadtplan zu und holte Nadeln mit roten Köpfen heraus.

»Lass uns den letzten bekannten Aufenthaltsort eintragen. Vielleicht gibt es ein Muster«, schlug er vor. Margret und Janssen sahen ihm stumm zu. Der Kollege Müller erschien in der Tür und hielt einen weiteren Zettel hoch.

»Gerade reingekommen. Eine Gerichtsvollzieherin wird vermisst. Jedenfalls meldet die sich nicht, was untypisch sei. Ihr Kollege hatte sie vergebens versucht zu erreichen«, berichtete er.

»Irgendwas besonderes an dem Verschwinden?«, fragte Margret nach.

»Na ja, sie sollte eigentlich mit ihrem Kollegen einen schwierigen Kunden besuchen. Das ist ausgefallen, weil der Kollege erkrankte. Der vermutet nun, dass sie trotzdem hingegangen ist. Der Kunde gilt als schwierig, was immer das heißen soll.«

»Wir brauchen Name und Anschrift des Kunden. Rieke, du bleibst hier und prüfst die Vermisstenfälle noch einmal gründlich durch. Behrens und ich fahren zu diesem Herren hin und gucken uns vorsichtig um. Behrens, nimm vorsichtshalber eine Schutzweste mit.«

Das Haus Weberstraße 21 sah ruhig und unauffällig aus. Sie fuhren daran vorbei und näherten sich geduckt über das Nachbargrundstück. Margret wollte sich erst hinterm Haus umgucken, bevor sie den Vordereingang benutzen wollten.

»Sicher ist sicher«, flüsterte er Behrens zu.

Die Terrasse und der Garten wirkten verlassen. Die Gardinen waren zugezogen, nirgendwo im Haus brannte Licht. Die Kommissare schlichen zur Hauswand und spähten in die Kellerfenster hinein. Diese waren auch alle zugezogen. Bis auf eines. Als Margret hineinblickte, hatte er das Gefühl, als ob sich da etwas bewegte. Er war sich aber nicht sicher, was es genau war. Er drückte mit beiden Händen fest gegen Rahmen und Scheibe des Fensters, das daraufhin tatsächlich nachgab. Nachdem sich seine Augen an die Dunkelheit gewöhnt hatten, sah er mehrere Menschen gefesselt und geknebelt im Kellerraum liegen. Mit einem Kopfnicken wies Margret Behrens auf die Situation hin.

»Ich geh da rein, halt du hier Ausschau«, flüsterte Margret und machte sich bereit, durch das Kellerfenster zu schlüpfen. Behrend fasste den Kommissar an der Schulter und zog ihn zurück.

»Auf keinen Fall gehst du da rein, Stefan. Wir sind nicht im Vorabendkrimi«, raunzte Behrens ihn an. »Wir gehen hier streng nach Vorschrift vor.«

»Seit wann scheren dich die Vorschriften, du alter Hacker?«, zischte Margret.

»Seit ich aus dem Internet weiß, dass die Jungs bis unter die Zähne bewaffnet sind. Wir kriegen nicht nur Ärger, wenn wir da so rein gehen, sondern holen uns auch jede Menge Kugeln ab. Wer fast ein Dutzend Beamte im Keller lagert, der versteht keinen Spaß und ballert gleich los.«

Margret überlegte. Dann nickte er.

»Okay, du hast Recht, Behrens. Rückzug und dann rufen wir das SEK. Der Anschlag im Amt hat gezeigt, dass da jemand sehr planvoll und effektiv vorgeht. Wir wissen tatsächlich nicht genau, was uns da unten erwartet. Und sollte Giftgas zum Einsatz kommen, sind wir definitiv falsch ausgerüstet.«

Hauptkommissar Stefan Margret zückte sein Handy und wählte die Nummer der Sondereingreiftruppe.

19 SEK

Eine halbe Stunde später traf das SEK mitsamt Rettungsdienst in sicherer Entfernung vom Tatort ein. Margret und Behrens warteten bereits.

»Hallo Klaus«, begrüßte Margret den Leiter des SEK. Klaus Baumann, ein Schrank von einem Mann und in Schutzkleidung, erkannte Margret und ging auf ihn zu. »Na, Stefan«, sagte er zum Hauptkommissar und strich sich durch seinen kurzen roten Haarputz, »Reichsbürger, stimmt das?«

»Vermutlich ja«, entgegnete Margret, »jedenfalls haben die einige Beamte aus verschiedenen Behörden im Keller festgesetzt. Da liegt der Verdacht nahe.«

»Der Eigentümer des Hauses ist ein gewisser Manfred Stammheim«, ergänzte Peter Behrens. »Kein Unbekannter in der Szene. Aber bisher unauffällig.«

»Nomen est omen«, sprach Klaus Baumann und grinste, »der Name ist ein Zeichen.«

Baumann galt als erfahrener SEK-Mann, der die Erstürmung eines Hauses nicht zum ersten Mal durchführte.

»Wir wissen nicht, wie viele Personen sich im Haus aufhalten. Die gefangenen Beamten befinden sich auf jeden Fall im Keller. Ob noch weitere woanders sind, weiß ich nicht«, berichtete Margret dem SEK-Leiter.

»Es könnte sein, dass der oder die Täter Giftgas oder etwas ähnliches einsetzen«

Baumann nickte.

»Wir haben an Ausrüstung alles dabei. Ich habe hier auch den Lageplan des Hauses und eine Draufsicht vom Satelliten. Danach sollten wir über den Hintereingang, von vorne und an dieser Seite durch den Keller gehen.« Baumann zeigte jeweils auf die Stellen im Plan. Margret nickte.

»Und wir setzen Rauch- und Blendgranaten ein. Das Überraschungsmoment liegt auf unserer Seite.«

Er winkte seinem Kommando zu. Die Männer verteilten sich auf die abgesprochenen Positionen. Margret und Behrens verfolgten das Geschehen aus sicherer Entfernung.

Silke Försters Handgelenke brannten. Der Kabelbinder saß stramm und ließ sich keinen Zentimeter verschieben. Wie lange sie schon in dieser Position im Keller der Reichsbürger saß, konnte sie nicht sagen. Zwei, maximal drei Stunden vielleicht. Doch sie war zwischendurch eingeschlafen und hatte jetzt kein klares Zeitgefühl mehr. Auch Rechtspfleger Ludger Niehues schlummerte. Wie lange sie ihn wohl schon gefangen hielten?

Jedenfalls hatte der angekündigte Unterricht in Reichsbürgerkunde noch nicht stattgefunden. Sie ärgerte sich, dass sie doch auf eigene Faust den Kunden Stammheim besucht hatte. *Beim nächsten Mal werde ich auf den Kollegen hören und solche seltsamen und gefährlichen Vögel nicht allein aufsuchen*, schwor Silke Förster sich. Was aus ihrem Berlinmarathon werden sollte, fiel ihr ein, genauso wie das tägliche Training. Alles für die Katz!

Silke Förster fluchte, doch keiner nahm Notiz von ihr. Auch die anderen Gefangenen dösten oder starrten vor sich hin. Niemand schien sie zu vermissen, sonst wäre doch eine Polizeistreife vorbeigekommen! Sie erinnerte sich jetzt auf einmal an das Rundschreiben des Ministeriums, in dem nicht nur vor Reichsbürgern gewarnt wurde, sondern auch Verhaltensregeln im Umgang mit ihnen standen. *Hätte ich mal lesen sollen*, dachte sie. Allerdings bezweifelte sie, dass sie sich anders verhalten hätte.

Die Gerichtsvollzieherin hörte auf einmal Geräusche, dann Schreie. Irgendetwas passierte oben. Sie konzentrierte sich. Fand ein Kampf statt? Hatten die falschen Polizisten schon wieder neue Gefangene gemacht? Jetzt knallte es. Schüsse? Silke Förster sah, dass nun auch die anderen im Raum wach waren und gespannt lauschten, was da oben vor sich ging. Die Tür ging auf und ein maskierter Polizist betrat den Raum, eine Waffe im Anschlag. Sie hielt die Luft an. *War es das jetzt mit dem Berlin-Marathon?*, dachte sie unwillkürlich.

Der SEK-Einsatz verlief schnell und effektiv. Die Beamten drangen gleichzeitig in das Haus ein und zündeten die Granaten. Margret hörte die Detonationen, dann Schreie. Nach drei Minuten hatte der Spuk ein Ende. Die Männer der Sondereinheit drangen in die Kellerräume ein und befreiten die Geiseln. Das Ergebnis eines harten, jahrelangen Trainings.

Als Klaus Baumann ihnen zuwinkte, gingen Margret und Behrens auf die Haustür zu, wo Männer der SEK-Eingreiftruppe die befreiten Gefangenen nun in Sicherheit brachten. Margret erkannte eine junge blonde Frau unter ihnen.

»Sind Sie Silke Förster?«, fragte er sie. Sie nickte.

»Sind Sie okay?« Wieder nickte die Gerichtsvollzieherin.

»Prima. Dann lassen Sie sich zunächst von den Rettungssanitätern untersuchen und stehen uns anschließend bitte für ein paar Fragen zur Verfügung«, sagte Margret. Silke nickte und wurde wie die anderen zum Krankenwagen gebracht.

Der SEK-Leiter brachte fünf weitere Männer aus dem Haus heraus. Ihnen hatten die Männer des SEK Handschellen angelegt. Einer von ihnen war Manfred Stammheim, wie sich später bei einer Gegenüberstellung mit der Gerichtsvollzieherin herausstellte. Alle anderen trugen nur Reichsbürgerausweise mit gefälschten Namen bei sich. Behrens stutzte, als er einen Glatzköpfigen sah.

»Da ist uns ja der heimliche Häuptling der Reichsbürger ins Netz gegangen«, grinste Behrens und zeigte auf einen Mann mit Glatze und dunklem Outfit. »Hauptkommissar Margret, Stefan, darf ich vorstellen: Rudolf Anders, einschlägig vorbestraft und so etwas wie der Mastermind der hiesigen Sekte.«

Anders‹ Augen funkelten Behrens wütend an.

»Herr Anders, Sie sind festgenommen. Körperverletzung, Freiheitsberaubung und da gibt es noch etwas anderes, über das wir mit Ihnen dringend reden müssten«, sagte Behrens.

»Gute Arbeit, Baumann.« Margret klopfte dem SEK-Leiter auf die Schulter.

»Immer gerne, Margret«, entgegnete der Angesprochene.

»Ach ja, und den nehmen wir selber mit«, sagte der Kommissar und zeigte auf Anders.

20 Verhör

»Ich sage nichts!« Rudolf Anders saß an dem schmucklosen Tisch im Vernehmungszimmer und starrte Margret an. Er schob den Unterkiefer vor und zerrte vergebens an den Handschellen, die an einer Metallvorrichtung in der Mitte des Raumes angebracht waren.

Margret betätigte ein Aufzeichnungsgerät und guckte Anders in die Augen.

»Ich habe Zeit«, sagte er. Natürlich wusste er, dass das nicht stimmte. Ein Geständnis jetzt und er könnte morgen noch in Urlaub fahren. Kurz tauchten vor seinem inneren Auge die skandinavischen Fjorde auf und er bekam Appetit auf über dem offenen Feuer gegrillten Fisch. Bevor sein Vorstellungsvermögen auch noch den passenden Duft in ihm erzeugte, schüttelte er kurz den Kopf und guckte Anders wieder an.

»Herr Anders, der Anschlag auf das Finanzamt, das war Mord. Das wissen Sie, oder?«

Rudolf Anders zog den rechten Mundwinkel hoch und schaute an die Zimmerdecke.

»Allein dafür fahren Sie lebenslänglich ein«, setzte Margret sein Statement fort. »Die Entführungen von Beamten kommen da noch drauf. Insgesamt sieht das nicht gut aus. Besser, Sie gestehen sofort, das wirkt dann strafmildernd.«

»Das ist doch alles rechtswidrig«, fauchte Anders. »Ich verlange ein ordnungsgemäßes Verfahren mit ordnungsgemäßen Gesetzeshütern.« Seine Augen blitzten. Wieder zerrte er an den Handschellen. Wieder ohne Erfolg. »Ich erkenne diese angebliche Polizei nicht an«, setzte Anders seine Einlassung fort.

»Andere gibt es hier nicht«, erwiderte Margret. »Außerdem ist das Blödsinn, was Sie erzählen. Anschläge auf Menschen sind auch woanders strafbar. Nee, nee, aus der Nummer kommen Sie nicht raus, Anders. Pech gehabt.«

»Unsinn. Ich und meine Leute, wir sind der Widerstand gegen dieses rechtswidrige Regime.« Anders richtete den Zeigefinger auf Margret. »Wo Recht zu Unrecht wird, wird Widerstand zur Pflicht. Darum geht es, Sie rechtswidriges Bullenschwein.«

»Ist das ein Zitat von Brecht?«, fragte Margret sein Gegenüber, ohne mit der Wimper zu zucken. »Oder Goethe? Meistens ist es ja Goethe.« Margret hob die Schultern. Er beugte sich nach vorne.

»Kluge Sprüche helfen Ihnen jetzt nicht weiter, Herr Anders. Sie sind in Untersuchungshaft, und nach Lage der Dinge ist es völlig egal, was Sie von unserem Staat halten. Mord ist Mord. Wollen Sie jemanden anrufen und sich schon mal für längere Zeit verabschieden?«

»Hören Sie auf mit dem Quatsch. Ich habe niemanden umgebracht.« Anders zerrte wieder an den Handschellen.

»Vielleicht nicht mit Vorsatz. Aber leider sind bei dem Anschlag auf das Finanzamt nicht alle wieder aufgewacht. Einer der Beamten erlitt einen Herzinfarkt infolge der Aufregung oder der Substanz. Das wissen wir noch nicht genau. Kriegen wir aber raus«, erläuterte Margret. »So oder so, es war nun mal Mord. Also, Herr Anders, reden Sie.«

Rudolf Anders starrte wieder an die Decke. Die Bewegungen des Unterkiefers deuteten darauf hin, dass er nachdachte. Dann atmete er schwer ein und aus.

»Also gut«, Anders richtete sich in seinem Stuhl auf, »an der Entführung der Leute war ich beteiligt. Da berufe ich mich aber auf mein Widerstandsrecht. Das steht sogar in diesem rechtswidrigen sogenannten Grundgesetz. Aber das mit dem Mord, das könnt ihr mir nicht anhängen. Das war ich nicht.«

»Okay«, sagte Margret und beugte sich vor. »Wer war es dann?«

»Keine Ahnung.« Rudolf Anders zuckte mit den Schultern und lehnte sich zurück. »Woher soll ich das wissen? Das ist euer Job.«

»Ja, das stimmt. Unseren Job machen wir gut. Deshalb gibt es auch einen Hauptverdächtigen. Und der sitzt mir hier gerade gegenüber«, setzte Margret nach.

»Ich habe ein Alibi«, erwiderte Anders und guckte Margret fest an. »Wasserdicht.«

»Na super, Sie Widerstandskämpfer. Wo waren Sie denn?« Margret zückte sein Notizbuch. »Kommen Sie mir aber jetzt nicht mit Ihrer Ehefrau oder den anderen Jungs, die wir festgesetzt haben.«

»Doch, doch, mit denen war ich unterwegs. Ich schwöre.«

»Das ist jetzt ein bisschen wenig, Herr Anders. Hier geht es um Mord. Also, wo waren Sie und wer kann das bezeugen?«

»Das kann ich Ihnen nicht sagen. Ich will einen Anwalt.«

»Gut. Dann halt so. Teilen Sie ihm bitte mit, dass Sie eine Zahnbürste brauchen. Sie werden länger unser Gast sein.«

Margret betätigte die Stoppfunktion des Aufnahmegerätes und rief einen Beamten. Rudolf Anders wurde abgeführt.

21 Durchsuchung

Während Margret den Anführer der Reichsbürger verhörte, durchsuchten Peter Behrens und Rieke Janssen zusammen mit weiteren Beamten die Wohnungen der festgenommenen Reichsbürger.

»So, jetzt kommt die letzte Wohnung.« Behrens startete den Wagen und sah seine Beifahrerin an. »Besser, wir finden was.«

»Stimmt«, entgegnete Rieke Janssen und schnallte sich an. »Bis auf seltsam riechende Behausungen seltsamer weißer Männer haben wir rein gar nichts.«

»Feministin?«, fragte Behrens, den Blick auf die Straße gerichtet.

»Nein«, antwortete seine Kollegin, »geruchsempfindlich. Und derartige Spitzen könnten Sie sich verkneifen, Herr Kollege.« Sie schaute zu ihm herüber. »Ich habe gehört, dass Sie zur Kategorie Macho zählen. Stimmt das?«

»Die einen sagen so, die anderen so«, murmelte Behrens, den Blick stur auf die Straße gerichtet.

»Gut zu wissen«, erwiderte die LKA-Beamtin und hüllte sich ebenfalls in Schweigen. Der Umgang mit Männern in der Polizei gestaltete sich nicht immer einfach. Häufig wurde es mit der Zeit der Zusammenarbeit besser. Allerdings gab es diese Kategorie Mann, mit der sie noch nie gut klar gekommen war. Verstohlen musterte sie den Kollegen von der Seite. Die ›Kategorie Behrens‹ galt es noch zu entschlüsseln.

Das letzte Haus befand sich in der Südstadt. Behrens und Janssen fuhren durch Wohnstraßen mit Einfamilienhäusern. Gepflegte Vorgärten und perfekt gebaute Carports soweit das Auge reichte. Das Objekt befand sich am Ende einer Stichstraße. *Gut bürgerlich*, dachte Rieke Janssen, *sieht nicht wie ein Reichsbürgerheim aus.*

»Sieht nicht wie ein Reichsbürgerheim aus«, sagte Behrens und stellte den Motor ab. Rieke Janssen guckte ihn verwundert an.

»Was ist«, fragte er.

»Nichts. Alles gut. Ich hatte gerade so etwas wie ein Déjà-vu.« Sie schüttelte den Kopf und stieg aus.

Die anderen Beamten stiegen auch aus. Behrens öffnete die Gartenpforte und ging voran. Auf sein Klingeln öffnete eine Frau mittleren Alters.

»Ja, bitte«, sagte sie und riss angesichts der vielen Beamten die Augen auf.

»Kriminalpolizei«, eröffnete Behrens das Gespräch und hielt ihr seine Marke und ein Formular unter die Nase. »Das ist ein Durchsuchungsbeschluss für Ihr Haus. Bitte behindern Sie unsere Arbeit nicht und lassen uns rein.«

»Ja, aber«, stammelte die Frau, »das geht doch nicht so einfach. Mein Mann ist ja gar nicht da. Und diese Marke, die scheint mir nicht echt zu sein.«

»Doch, das geht so einfach«, erwiderte Behrens und betrat das Haus. »Ihr Mann sitzt in Untersuchungshaft und Sie lassen uns jetzt einfach unsere Arbeit machen. Bitte. Sonst nehmen wir Sie auch mit.« Er verteilte die Beamten auf das Haus, indem er mit dem Finger auf das erste Geschoß und die Räume im Parterre zeigte. Er selber nahm Rieke Janssen zur Seite.

»Wir gehen nach unten und gucken uns da um. Riecht sicher gut.« Er grinste.

»Sie machen sich gerade nicht beliebt, Herr Kollege«, entgegnete sie und verzog die Nase.

»Beliebtheit wird überschätzt«, antwortete er, öffnete die Kellertür und ging voran.

Sie fanden zahlreiche Regale mit Vorräten, sowie Gartengarnituren und einen Werkzeugraum mit dem üblichen Inhalt. Auch ein Waschraum befand sich hier.

»Unauffällig«, bemerkte Behrens und schaute zu seiner Kollegin.

»Ja, sehr ordentlich, sogar die Vorräte nach Alphabet sortiert«, sagte Rieke und guckte sich die Gläser mit Eingemachtem an.

»Hier ist wieder nichts«, stellte Behrens fest und rieb sich die Nase. »Schöner Mist. So kommen wir nicht weiter.«

Rieke Janssen untersuchte derweil weiter die Gläser.

»Seltsam«, murmelte sie.

»Wieso seltsam?«, fragte Behrens. »Das nennt man Marmelade. Gibt es in jedem Haushalt.« Er konnte seinen Ärger über die mangelnden Funde kaum verbergen. »Lass uns nach oben gehen, das ist Zeitverschwendung.«

»Moment noch.« Rieke Janssen stand jetzt vor einem großen Holzregal. »Hier stimmt was nicht.«

»Was soll denn nicht stimmen, Frau Kollegin? Ein ganz normaler Keller in einem ganz normalen Haus.« Behrens stemmte die Hände in die Seiten und verdrehte die Augen.

»Das ist alles zu sauber.« Rieke Janssen untersuchte jetzt das Äußere des Regales. Die Ungeduld des Kollegen schien sie nicht zu stören. »Fass mal mit an.« Sie nickte Richtung Regal und zog an einer Seite.

»Na gut«, seufzte Behrens und zog nun ebenfalls am Gestell. Das Ergebnis überraschte ihn, befand sich doch hinter dem Regal ein Eingang zu einem weiteren Raum.

»Okay«, entfuhr es ihm, »war das weibliche Intuition oder so etwas?«

»Nein«, sage Rieke, »hier unten befinden sich Schleifspuren. Außerdem ist alles so verdächtig clean. Als ob jemand will, dass es normal aussieht.«

Sie betrat den Raum und betätigte einen Lichtschalter. Neonlicht flammte auf.

»Volltreffer«, entfuhr es Behrens.

»In der Tat. Eine treffende Beschreibung, Herr Kollege. Eine hübsche Sammlung.«

An der gegenüberliegenden Wand hingen, sorgfältig angebracht, Waffen unterschiedlichster Art. Messer, Schlagstöcke, Revolver, Gewehre.

Behrens holte sein Smartphone aus der Hosentasche und schoss mehrere Fotos.

»Das glaubt mir sonst keiner«, sagte er entschuldigend.

»Das hier ist auch nett«, sagte Rieke Janssen, die eine von zahlreichen Truhen geöffnet hatte und eine Art Uniform herausholte. »Reichspolizei Nordstadt«, las sie vor. »Sind das nicht die, die beim SEK-Einsatz beschlagnahmt wurden?«, fragte sie Behrens.

»Richtig«, sagte er und nickte, »die sahen auch so aus. Übrigens gute Schneiderarbeit.«

Er zückte erneut sein Handy und wählte eine Nummer.

»Ich brauche mal jemanden, der mir ein Schloss aufmacht«, sprach er in das Gerät. Er stand vor einer weiteren Truhe aus Metall, das mit einem Sicherheitsschloss versehen war. Ein Beamter erschien von oben und prüfte den Verschluss.

»Haben wir gleich«, brummte er und bewies seine Einschätzung, indem er einen Bolzenschneider betätigte und das Schloss knackte.

»Was sehen wir denn da?«, entfuhr es Behrens. »Das wird ja immer besser.«

Er starrte auf zahlreiche rote Stöcke mit schwarzen Bändern im oberen und unteren Bereich.

»Das ist Sprengstoff, oder?«, fragte Behrens den Mann mit dem Bolzenschneider. Der nickte.

»Kein Zweifel. Ein ganz fetter Fund. Das reicht für mehrere Gebäude und vieles mehr«, sagte der Beamte.

»Frau Kollegin«, rief Behrens zu Rieke, »ruf mal Margret an, das wird ihn brennend interessieren.«

22 Vorhalt

»Darf ich Ihnen mal was vorführen, Herr Anders?«

Hauptkommissar Stefan Margret zeigte Rudolf Anders auf seinem Smartphone mehrere Fotos von der Durchsuchung. Margret hatte den Reichsbürger erneut in das Vernehmungszimmer bringen lassen und konfrontierte ihn mit den Ergebnissen.

»Und schauen Sie mal hier.« Margret wischte über den Bildschirm und deutete auf weitere Fotos, die Behrens im Keller geschossen hatte.

»Illegale Waffen, Staatsangehörigkeitsdokumente, falsche Polizeiuniformen und, zu guter Letzt, Sprengstoff mit einer Schlagkraft für mehrere Gebäude. Mindestens. Herr Anders, das ist selbst für eine Razzia ein ungewöhnlicher Fund. Das ist nämlich der Jackpot. Besser, Ihnen fällt jetzt was Gutes ein. Zum Beispiel Details über ein Alibi. Oder war das nur eine Schutzbehauptung?«

Rudolf Anders schluckte. Auf seiner Glatze bildeten sich Schweißperlen. Margret merkte, dass das nicht nur daran lag, dass er vorher die Heizung hatte kräftig hochdrehen lassen.

»Ich war in diesem neuen Schuppen im Nordkreis, diesem Mega-Bordell,« stammelte Anders. »Die anderen können das bezeugen.«

»Ein bisschen dürftig, oder? Ihre Kumpels haben ja auch alle Dreck am Stecken. Mittäter als Zeugen. Das ist nicht gerade glaubwürdig«, erwiderte Margret.

»Ja, weiß ich, aber die Frauen dort müssen was gesehen haben. Es war ganz früh, als wir da rauskamen. Wir hatten den Sonntag durchgemacht. Irgendeiner muss was gesehen haben«, fügte Anders fast flehentlich hinzu.

»Bei dem Andrang, der da im Moment immer herrscht, wäre das aber schon was Besonderes, wenn Sie da aufgefallen wären. Aber gut, ich prüfe das. Gut klingt das trotzdem nicht.«

Margret ließ den sichtlich kleinlaut gewordenen Verdächtigen wieder abführen.

23 SOKO-Treff

»Das war ein voller Erfolg. Danke an alle Beteiligten, auch im Namen des Polizeipräsidenten. Wenn sich unser Verdacht bestätigt, dann können wir schon Morgen einen Fahndungserfolg gegenüber den Medien verkünden.« Oberstaatsanwalt Lutz Legat stand im neuen Besprechungsraum, intern ›Headquarter‹ genannt, und betrachtete die an die Wand projizierten Bilder von der Hausdurchsuchung.

»Behrens, du hast die Liste mit den sichergestellten Gegenständen. Irgendetwas Auffälliges?«

»Ja«, sagte der Angesprochene, »kein Zeichen von irgendeinem Gift.«

»Sind wir denn überhaupt sicher, dass beim Anschlag Gift verwendet worden ist? Rieke, was sagt der toxikologische Bericht der Rechtsmedizin?« Legat schaute die Neue an.

»Die haben nichts gefunden«, erwiderte Rieke Janssen. »Professor Seiters spricht allerdings von einem vorläufigen Bericht. Auf meinen erneuten Anruf sagte er, dass er nichts finden kann. Er geht aber tatsächlich von einem Gift aus. Das sei sehr flüchtig und so will er noch mal genauer nach ähnlichen Giften recherchieren. Dauer ungewiss.«

»Stefan, deine Meinung dazu?«

Margret verzog das Gesicht.

»Schwer zu sagen. Ohne Befund können wir nur spekulieren.« Margret stand auf und lief im Raum herum. Er blieb stehen.

»Mein Bauchgefühl sagt mir, dass der Anschlag mit einer besonderen Form von Gift begangen wurde. Das setzt aber voraus, dass das jemand besorgt oder hergestellt hat.« Der Hauptkommissar setzte sich jetzt auf die Kante des Tisches.

»Wenn ich mal ehrlich bin, dann traue ich diesen Reichspolizisten schon eine Menge zu. Aber dieses spezielle Gift so effektiv einzusetzen und dann auch noch ungesehen vom Tatort zu verschwinden, das klingt nach Profis. Die Reichsbürger sind gefährlich, keine Frage, aber eher Amateure.«

»Das sehe ich auch so«, schaltete sich Rieke Janssen ein, »meine Analyse der Vernehmungen zeigt mir, dass die das eher nicht waren.«

»Ja, das hattest du ja schon vorher vermutet«, warf Behrens ein und drehte sich zu seiner Kollegin um. »Aber erstens hätten die ja auch einen Profi beauftragen können.«

»Und zweitens?«, fragte Rieke leicht spöttisch.

»Zweitens, Frau LKA, haben wir immer noch keine Bestätigung von Anders Alibi.«

»Genau. Was ist mit dem Alibi, Stefan. Wer checkt das?«, wollte Legat wissen.

»Die Sitte ist dran. Die haben den Schuppen seit seiner Eröffnung vor zwei Wochen auf dem Kieker. Ich hoffe, dass wir da schnell was erfahren.«

»Was gibt es noch an Spuren, Stefan?« Der Oberstaatsanwalt schaltete den Projektor aus und goss sich einen Kaffee ein.

»Tja Lutz, ich habe mir die Berichte der Kollegen angeschaut, die im Umkreis von einem Kilometer rund um das Finanzamt von Haus zu Haus gegangen sind und Anwohner nach verdächtigen Ereignissen zum Tatzeitpunkt befragt haben.«

»Und?«

»Nichts, Lutz. Rein gar nichts. Ich hatte insbesondere auf Informationen zur Flucht des Täters gehofft. Alles negativ ergiebig. Der Täter scheint wie vom Erdboden verschwunden zu sein.«

Hauptkommissar Behrens meldete sich zu Wort.

»Das deutet darauf hin, dass er ungesehen fliehen konnte. Am einfachsten wäre es gewesen, wenn er zu Fuß gegangen wäre. Einfach über die Straße, dann in den Nebengängen abtauchen. In aller Seelenruhe. So hätte ich es gemacht.« Er schaute in die Runde.

»Genau, ich auch. Ich hätte wahrscheinlich zwei Straßen weiter unbemerkt ein Fahrrad abgestellt und wäre damit abgehauen«, führte Margret die Gedanken seines Kollegen fort.

»Bleibt die Frage, wo er wohnt beziehungsweise nach der Tat hingegangen ist. Entweder wohnt er in der Nähe oder ist dort abgestiegen. Alles andere wäre mir persönlich zu riskant«, meinte Rieke Janssen.

»Oder der ist zum nahen Bahnhof gefahren und hat einen der Züge genommen. Er könnte auch von außerhalb kommen«, vermutete Margret.

»Okay, wir dehnen unsere Befragung auf den Bahnhof aus. Gibt es dort Kameras?«, fragte Lutz Legat.

»Nein, wir sind ja nicht in Amerika«, entgegnete Behrens.

»Aber es gibt ein Spielcasino und eine Bankfiliale. Vielleicht landen wir einen Zufallstreffer«, schlug Margret vor.

»Okay, Behrens, du kümmerst dich darum, bitte. Und da sind zwei Hotels. Frag die nach Kameras«, ordnete der Oberstaatsanwalt an. »Insgesamt ist das alles ein bisschen wenig. Da wollen wir mal hoffen, dass die Reichsbürger kein Alibi haben. Ich bereite einen Pressetext vor. Stefan, ruf mich bitte sofort an, wenn du was zum Alibi weißt.«

»Mache ich, Lutz. Ansonsten schlage ich vor, dass wir uns vertagen und jeder seine To-do-Liste abarbeitet.« Margret klatschte in die Hände. »Kollegen, an die Arbeit!

24 Fotos

Rieke Janssen fing Peter Behrens im Gang des Polizeigebäudes ab.

»Was ist das für ein Schuppen im Nordkreis, von dem da eben die Rede war? Irgendetwas Besonderes?«, wollte sie von ihrem Kollegen wissen.

»Eine Art Riesenbordell, ein Laufhaus mit allem Drum und Dran. Apropos Laufhaus, da laufen alle Einwohner des Nordkreises gegen Sturm. Liegt aber im Gewerbegebiet. Und ist das älteste Gewerbe der Welt. Da geht wohl rechtlich wenig«, erläuterte Behrens. »Wenn du willst, können wir da ja mal vor Ort recherchieren?«, grinste er seine Kollegin an.

»Nein danke, muss nicht sein«, erwiderte die LKA-Beamtin. »Und vielen Dank für die sehr tiefschürfenden Worte zum Puff im Norden, Herr Kollege.« Woraufhin sie den Kollegen stehen ließ. Behrens hörte, wie sie beim Gehen fluchte. Er zuckte mit den Schultern und suchte die Kantine auf.

Hauptkommissar Margret hatte den ganzen Tag noch nichts gegessen und sich aus der Pizzeria um die Ecke die Nummer 27 bringen lassen. Pizza Hawaii. Während er sich in seinem Büro darüber hermachte, ging er die bisher vorliegenden Fakten des Falles erneut durch. Er wählte die Nummer des Leiters der Rechtsmedizin.

»Hallo, Professor Seiters, Margret hier. Gibt es was Neues?«, meldete er sich.

»Nein, Margret, nichts. Ich melde mich, wenn ich was habe.« Dann war Stille. Der Professor hatte einfach wieder aufgelegt.

Margret starrte sein Smartphone an und schüttelte den Kopf. Als es an der Tür klopfte, rief er »Herein!«.

Der schwarze Haarschopf von Thomas Lange erschien in der Tür. Der Kollege von der Sitte wedelte mit einem beigen Umschlag.

»Hallo Stefan, es geht um eure Reichsbürger, die im Nordkreis gewesen sein wollen«, kam er gleich zur Sache.

»Prima. Was habt ihr herausgefunden?« Margret klappte den Pizzakarton zu.

»Na ja, du weißt, wir beobachten den Laden schon etwas länger. Und es ist schwierig, immer genau zu registrieren, wer da wann ein und aus geht«, fing der Beamte von der Sitte an.

»Das heißt, ihr habt nichts?«, fragte Margret und merkte, wie in ihm leichter Ärger aufstieg.

»Doch, doch, aber nicht offiziell.«

»Das heißt auf Deutsch?«

»Nun ja, wir haben lückenlose Informationen auf Band beziehungsweise in Fotoform vorliegen«, druckste der Kollege von der Sitte herum.

»Aber ihr habt keine richterliche Genehmigung zu so einer lückenlosen Observation?« Margret atmete durch.

»So in etwa«, gab Thomas Lange zu. »Wir hatten eigentlich mit einer vorübergehenden Aufklärung begonnen und dann ...« Mehr sagte der Beamte nicht.

»Mir egal, Thomas. Ich will nur wissen, ob unsere Reichsbürger da waren oder nicht, okay? Von dem Rest weiß ich dann nichts«, schlug Margret vor.

Lange öffnete den Umschlag und legte Margret Fotos vor.

»Also, Stefan, pass mal auf«, begann er. »Das hier ist euer Hauptverdächtiger, der Rudolf Anders.« Er zeigte auf eines der Fotos, das den Reichsbürger in bestechend scharfer Bildqualität in Begleitung anderer Männer zeigte.

»Die anderen kenne ich«, sagte Margret, »die sitzen auch alle hier ein.«

»Genau«, bestätigte Lange. »Also, der Anders ging in Begleitung dieser vier Männer am Sonntagabend um 20:10 Uhr in das Etablissement rein. Und das hier sind die Fotos, als sie wieder rauskamen.«

Margret holte eine Lupe aus der Schublade und betrachtete die Aufnahmen aufmerksam.

»Ja, das sind die fünf. Ganz eindeutig. Schön scharf, die Aufnahmen. Und der Zeitstempel hier oben stimmt?«, wollte er wissen.

»Der stimmt. Kein Zweifel möglich.«

»Scheiße«, brüllte Hauptkommissar Stefan Margret und haute mit der Hand so fest auf den Tisch, dass die Pizza Hawaii auf den Boden flog. Der Zeitstempel zeigte ›Montag, 7:15 Uhr‹ an.

25 Anruf Fritz Starke

»Ja, die scheinen ein Alibi zu haben, alle fünf«, sprach Margret in sein Handy. »Lutz, ich gehe jetzt nach Hause. Mir reicht es für heute. Vielleicht verkaufen wir morgen gegenüber der Presse erst einmal die Waffenfunde. Bis morgen.«

Margret legte auf und starrte an die Wand mit den Fotos der nun ehemals Mordverdächtigen. »So ein Mist, jetzt müssen wir wieder ganz von vorne anfangen. Mit nichts in der Hand.« Er stand auf und holte seine Jacke aus dem Schrank, als sein Handy erneut klingelte.

»Margret«, bellte er hinein.

»Hallo Herr Margret, hier ist der Fritze. Fritze Starke. Ick wollte mal wissen, ob es eine Belohnung gibt«, fragte der Anrufer.

»Belohnung? Für was?«

»Na ja für diese, wie heißt das noch *sachdienlichen Hinweise*?«

»Sie wissen also was? Das müssen Sie uns sowieso erzählen. Vorenthalten von Informationen mögen wir nämlich gar nicht, Herr Starke.«

»Ja, nee, weeß ick doch. Mache ick auch. Aber wenn es da eine Belohnung gäbe, dann hätte ick die gerne, Herr Kommissar«, sagte der Security-Mann.

»Ich glaube, der Polizeipräsident hat eine Belohnung festgesetzt. Die kenne ich aber nicht. Wenn Sie mir was Brauchbares liefern, dann kriegen Sie die natürlich«, erwiderte Margret.

»Ehrenwort, Herr Kommissar?«

»Herr Starke, meine Laune ist gerade im Keller. Entweder Sie machen jetzt den Mund auf oder Sie scheren sich zum Teufel«, fauchte Margret den Anrufer an.

»Is ja jut. Ich rede ja schon«, beruhigte ihn der Sicherheitsmann.
»Also einige Tage vor dem Anschlag war einer da, der sollte mich
ab und zu mal ablösen. Eine Krankheitsvertretung. Auch für den
Urlaub. Dem habe ich dann einen Tag lang im Finanzamt alle Sa-
chen gezeigt. Worauf der achten soll, wann wo abgeschlossen
wird, wie man in die Räume rein kommt. Alles, was ich auch so
mache.«

»Und der ist jetzt verdächtig?« Margret trommelte mit den Fingern auf dem Schreibtisch.

»Na ja, ick habe von dem nie wieder was gehört. Passiert aber
häufiger.«

»Herr Starke, gibt es da noch eine Pointe oder muss ich mir die
selber malen?«

»Gleich, Herr Kommissar. Kommt noch. Ick war also gestern bei
der Zentrale und da fällt mir dieser Typ ein und ich frag nach
dem. Die sagen mir dann, dass der sich nicht wieder gemeldet
hat.«

»Herr Starke, das ist aber doch in ihrem Gewerbe üblich, oder?«

»Ja, schon, Herr Kommissar. Aber es gab über den keine Unterlagen. Name und Adresse von dem Typ, die die auf einem Zettel
notiert haben, waren falsch. Auch die Handynummer. Den Kerl
gibt es gar nicht«, sagte Fritz Starke.

»Wie sah der aus?«

»Normale Größe, schwarze Klamotten, Glatze. Und irgendetwas
stimmte nicht mit dem. Sein Interesse für die Tiefgarage und
wann wer morgens früh kommt, war etwas zu viel, wenn Sie wissen, was ich meine?«

»Der Mann benahm sich verdächtig?« Margret war jetzt hell-
wach. Das klang wie eine Spur.

»Eindeutig verdächtig, Herr Kommissar, det sag ick doch.«

»Noch was, was Sie gesehen oder gehört haben, Starke?«

»Ja, Herr Kommissar, ick kenne den Namen und ick weiß ooch, wo der wohnt.«

»Und das sagen Sie erst jetzt?«, brüllte Margret ins Telefon. »Sie kommen sofort her!«

»Noch mal wegen der Belohnung, Herr Kommissar ...« Weiter kam er nicht.

»Sie geben mir jetzt die Infos, sonst knallt es!«

»Ja, ja, schon gut. Aber ich habe Dienst und kann nicht weg. Sie müssen schon herkommen«, sagte der Security-Mann.

»Gut, wo sind Sie?«, wollte Margret wissen.

»Im Pretty Flamingo, kennen Sie das?«

»Ja, wer kennt das Pretty Flamingo nicht? Bin unterwegs. 30 Minuten. Rühren Sie sich nicht vom Fleck, Starke!«, bellte Margret ins Handy.

Die Antwort des Sicherheitsmannes hörte er nicht mehr. Hauptkommissar Margret sprintete aus seinem Büro Richtung Dienstwagen. *Endlich eine Spur*, dachte er.

26 Pretty Flamingo

Fritz Starke dachte nach. Noch 30 Minuten Zeit. Er überlegte, was er mit der Belohnung machen sollte. Ein Urlaub auf den Seychellen? Oder eine neue Karre? Starke grinste. Gut, dass er ein Gespräch der vermeintlichen Vertretungskraft mit seinem Chef belauscht und den Verdächtigen dann observiert hatte. Dank seiner guten Recherche war es ein leichtes, seine Wohnung auszukundschaften. Nicht weit entfernt vom Tatort. Clever geplant, das musste man dem Kerl lassen. Aber nicht clever genug. Bald würde der hinter Schloss und Riegel sitzen und er wäre um ein hübsches Sümmchen reicher.

Starke ging an die Bar des *Pretty Flamingo*. In dem Etablissement war zu dieser frühen Abendstunde nicht viel los. Drei Animierdamen spielten Karten, der Rest saß gelangweilt rum. Soweit man das sehen konnte, denn das rötliche Licht verbarg mehr als es zur Schau stellte. Sein richtiger Dienst begann auch erst um acht. Vorher war hier und in den Absteigezimmern und Separees tote Hose, wie die Bediensteten zu sagen pflegten. Eigentlich durfte er auch nichts trinken. Aber das mit der Belohnung musste man wenigstens ein klein wenig feiern.

»Veronique, mix mir mal einen«, sprach er die blonde Frau hinter der Theke an. Veronique hieß mit bürgerlichem Namen Anja Meyer, aber damit konnte man im *Pretty Flamingo* nichts werden. Nicht einmal Bardame. Veronique hob die linke Augenbraue, was Starke immer an diesen einen Schauspieler mit den langen Ohren aus einer Sciencefiction-Serie erinnerte, dessen Namen er aber vergessen hatte.

»Seit wann trinkst du im Dienst, Fritze? Lass das nicht deinen Chef sehen.«

»Lass das mal meine Sorge sein, mein Täubchen«, säuselte Starke. »Es gibt was zu feiern.«

»So, was denn?«

Veronique beugte sich tief zu ihm rüber, was Starke durchaus gefiel. Verschwörerisch legte er den Finger auf seine Lippen und flüsterte: »Steht Morgen in allen Zeitungen.«

»Ah ja«, sagte Veronique alias Anja Meyer, die sich mit Spinnern auskannte. Fritz Starke gehörte von nun an für sie auch in diese Kategorie.

Starke merkte, dass ihm die Bardame nicht glaubte. Es war ihm aber egal. Morgen würde es in der Zeitung stehen und Veronique war ihm ohnehin egal.

»Wo ist eigentlich Baguette?«, fragte er.

»Die heißt Babette. Das weißt du ganz genau!«, knurrte ihn die Bardame an.

Starke grinste.

»Ich gehe mit meinem Drink kurz ins Separee. Wenn du sie siehst, schick sie doch bitte mal zu mir. Ich habe da ein Anliegen. Ach ja, und ein Herr Margret kommt auch noch. Der soll aber hier an der Bar warten, okay?«

»Wenn du es sagst, Fritze.« Veronique polierte mit Hingabe ein Whiskeyglas.

Das Separee war ein abgetrennter Raum mit einem großen Sofa und einem Bildschirm, auf dem einschlägige Filme liefen. Fritz Starke machte es sich gemütlich, das heißt, er zog sich komplett aus und legte seine Kleidung sorgfältig gefaltet auf einen Beistelltisch. Er ergriff sein Glas, schaute auf den Film, nippte an seinem Drink und malte sich sein zukünftiges Leben als reicher Mann aus. Zwar wusste er noch nicht, wie hoch die Belohnung genau sein würde, aber angesichts der medialen Bedeutung ging er davon aus, dass es sein kärgliches Monatsgehalt bei Weitem übersteigen sollte. Er könnte seiner Freundin Gudrun ein neues Kleid kaufen. Ihr Verhältnis war zwar in letzter Zeit nicht das Beste, aber Geschenke erhalten ja bekanntlich die Freundschaft, dachte sich Starke. Er schaute auf die Uhr. Noch 20 Minuten bis zum Eintreffen des Hauptkommissars. Wenn der überhaupt pünktlich erschien. Seit der Sperrung der inneren Verkehrsachse mussten sich die Berufstätigen über den Wall quälen. Da konnte man sich schon mal verspäten.

Starke erinnerte sich an den seltsamen Glatzkopf, dem er alle Räume im Finanzamt gezeigt hatte. *Ich wusste sofort, dass mit dem was nicht stimmt*, dachte Starke und freute sich über seine Menschenkenntnis. Aber gleich einen Anschlag, das hatte er nicht erwartet. Anfangs hatte er die Befürchtung, dass der auch ihm gefährlich werden könnte, denn schließlich hatte er, Fritze Starke, ihn gesehen. Und konnte ihn identifizieren.

Der ist über alle Berge. Wenn er schlau ist. Er stellte sich Babette vor und rekelte sich etwas auf dem Sofa. Ein wenig Entspannung vor dem Gespräch mit dem Kommissar würde ihm gut tun. Es klopfte an der Tür. Sicher Babette. Er rief »Moment noch!« Und stellte sich nackt mit dem Rücken zur Tür auf. Ihr kleines, intimes Ritual. »Komm rein!«, rief Fritz Starke. Die Tür öffnete sich.

27 Verschwunden

Hauptkommissar Margret kam zehn Minuten zu spät ins *Pretty Flamingo*. Stau auf dem Wall. Er kannte den Schuppen aus seiner früheren Zeit, als er häufiger Streife gefahren war. Dann konnte man sich hier mit Betrunkenen und – ganz früher – betrunkenen stationierten Engländern auseinandersetzen. Was selten friedlich ablief.

Um diese Tageszeit war zumeist nichts los. Trotzdem hatte man das Licht im Haus schon leicht gedimmt. Es roch nach billigem Parfüm und aus den Lautsprecherboxen drang rhythmische Musik mit viel Bass. Margret entdeckte keinen Fritz Starke und ging zur Bar, wo eine blonde Frau Gläser polierte.

»Hallo, ich bin mit Fritz Starke verabredet. Der soll hier arbeiten«, sagte er.

»Herr Margret, nehme ich an.«

Margret nickte.

»Fritze hat Sie angekündigt. Ich gucke mal, wo der steckt.« Veronique ging in den hinteren Bereich des Clubs und klopfte an der Tür. Keine Reaktion.

»Fritze, dein Fall wird hier verlangt. Der Herr Margret. Komm raus.« Keine Antwort.

Veronique öffnete die Tür. Der Bildschirm lief, das Sofa war leer. Veronique runzelte die Stirn. Wo war der hin?

»Der Fritze wollte hinten in unser Sofazimmer, aber da ist er nicht«, teilte sie Margret mit. »Komisch, es klang, als ob ihr Eintreffen wichtig für ihn sei. Warum haut der Kerl dann ab?«

»Wann ist Starke nach hinten gegangen und was genau hat er da gewollt?«, fragte Margret und hatte dabei ein ungutes Gefühl in der Magengegend.

»Er wollte sich noch ein wenig entspannen, wenn Sie wissen, was ich meine. Und ich sollte Babette zu ihm schicken«, antwortete die Bardame und sah am Gesicht von Margret, dass etwas nicht stimmte.

»Diese Babette, war die da?«, wollte Margret wissen.

»Keine Ahnung. Ich habe sie in den letzten Minuten nicht gesehen und da auch nicht hingeschickt.« Veronique sah sich im Raum um und erkannte Babette im Garderobenbereich. Sie hatte sie sich für ihre Schicht umgezogen und trug jetzt die passende Arbeitskleidung. Sie winkte ihr zu.

»Babette, warst du gerade bei Fritze? Du solltest doch zu ihm kommen!«, fragte sie die brünette, leicht bekleidete Frau, die an die Bar kam.

»Fritze, den habe ich heute noch gar nicht gesehen.«

Margret reichte es.

»Wo ist das Zimmer, in das Starke gegangen ist? Zeigen Sie es mir sofort. Polizei!« Margret zeigte seine Dienstmarke vor und bedeutete den beiden Frauen mit einem Kopfnicken, ihm das Separee zu zeigen. Sie gehorchten und liefen voran.

»Hier drin sollte er sein. Aber da war eben keiner«, erklärte Veronique.

»Zur Seite«, rief Margret und zog die Waffe. Die Frauen erschraken. »Bleiben Sie zurück.«

Margret öffnete die Tür und trat ein. Der Raum war leer.

»Gibt es Licht?«, wollte er wissen. Babette zeigte auf einen Schalter neben der Tür. Als die Neonröhren aufflammten, erkannte Margret, dass jemand seine Kleidung sorgfältig auf einem Beistelltisch gefaltet hatte. Margret zog sein Handy aus der Tasche und wählte Starkes Nummer, das er noch im Rufnummernspeicher hatte. Es summte aus Richtung der Kleidung. Margret fasste in die gefaltete Hose und zog ein klingelndes Handy heraus. Auf dem Display leuchtete seine Nummer auf.

»Bleiben Sie bitte draußen, Ladys«, rief er den beiden Damen zu. »Das hier ist ab sofort ein Tatort.«

28 Ehepaar Warnke

Hans-Herbert und Ilse Warnke liebten die Regelmäßigkeit. Wenn sie morgens ihren täglichen Spaziergang unternahmen, konnte man die Uhr danach stellen. Sie begannen ihn stets pünktlich und jeden Tag um die gleiche Zeit und genauso pünktlich beendeten sie ihn auch wieder. Das ist nicht ganz selbstverständlich, denn pünktlich bis zur Zwanghaftigkeit sind zwar viele. Aber nur wenige haben einen Rauhaardackel als Haustier. Und Rauhaardackel haben in der Regel ihren eigenen Willen. Was Rauhaardackel Willi bei den Warnkes aber nichts half. Nur gelegentlich stromerte er allein in der Gegend herum, bevor er zurückgerufen wurde und aufs Wort gehorchte.

Auch an diesen Tag, trotz leichtem Nieselregens, gingen die Warnkes spazieren. Der Weg am Flussufer war ihre bevorzugte Strecke. Stadtnah und doch im Grünen. Die Bäume verdeckten das am anderen Flussufer gelegene Gewerbegebiet. Wie meistens, wenn die beiden Rentner zu Fuß unterwegs waren, stritten sie sich.

»Ich verstehe dich nicht, Hans-Herbert. Das hatten wir doch besprochen.«

»Ja, Ilse, das hatten wir. Nun ist aber auch mal gut.«

»Nichts ist gut. Wir hatten eine klare Abmachung oder etwa nicht. Eine klare Abmachung.«

»Ja, Ilse, das hatten wir.«

»Und warum hältst du dich nicht dran?«

»Weil ich es vergessen habe, Ilse. Deshalb«

»Ja, aber das geht nicht, Hans-Herbert. Vergessen geht bei Lotto nicht. Lotto spielen klappt nur, wenn du auch den Lottoschein abgibst.«

»Ja, Ilse, das weiß ich.«

»Wissen reicht nicht, Hans-Herbert. Du musst es auch tun.«

»Ja doch. Mein Gott, ich habe es halt vergessen.«

»Sagtest du bereits, Hans-Herbert. Aber das geht eben nicht.«

»Wo ist eigentlich Willi?«, Hans-Herbert Warnke stoppte seine Schritte und schaute sich um.

»Du lenkst vom Thema ab. Das machst du immer, wenn es unangenehm wird. Und in letzter Zeit vergisst du ziemlich viel.« Ilse Warnke blieb nun auch stehen.

»Das mag sein. Trotzdem sehe ich Willi nicht.«

»Dann ruf ihn halt, mein Gott!«

Doch das Rufen half nichts. Von Willi war weit und breit nichts zu sehen.

»Der kann doch nicht weg sein. Ich mache mir jetzt aber Sorgen«, sagte Hans-Herbert Warnke. »Ich suche mal das Ufer ab«, sagte der Rentner und setzte sich in Bewegung.

»Aber Hans-Herbert, du saust dich nur ein«, rief seine Frau, nun ebenfalls besorgt.

Doch das war Hans-Herbert Warnke egal. Willi war sein Ein und Alles. Er ging die Böschung hinunter und rief nach seinem Hund. Er hörte ein Winseln und dann ein Bellen. 25 Meter vor ihm. Wahrscheinlich hatte der Hund sich in irgendetwas verfangen oder wieder einen Vogel getötet. Der Jagdtrieb war dem Rauhaardackel einfach nicht auszutreiben. Sehr zum Leidwesen von Ilse Warnke.

»Ich sehe ihn, Ilse. Er hat irgendetwas gefunden.«

Hans-Herbert Warnke sah seinen Hund, der an etwas zerrte und aufgeregt bellte. Warnke erkannte den Kopf von einem Menschen. *Oh*, dachte er, *da ist jemand hingefallen.* Allerdings erkannte er bei näherem Betrachten, dass dieser Jemand männlich und nicht bekleidet war. Als passionierter Krimifan wusste er sofort, was zu tun war. Er verscheuchte den Hund und fühlte am Hals den Puls. Den es nicht mehr gab. Er nahm Rauhaardackel Willi an die Leine und stieg die Böschung hinauf.

»Ilse, ruf die Polizei. Da liegt ein toter Mann im Wasser.«

29 Fundort Fluss

Margret hatte am Vorabend erst die Untersuchungen der ›SpuSi‹ abgewartet, bevor er eine Fahndung nach Fritz Starke einleitete. Dessen Auto stand noch vor dem Etablissement. Spuren, die ein Verbleib von Starke erklären konnten oder einen Hinweis auf eine mögliche Entführung von Starke andeuteten, gab es nicht. Starke blieb verschwunden. Margret ging deshalb nach Hause und früh ins Bett. Wer wusste schon, was die nächsten Tage noch bringen würden.

Den Anruf zum Leichenfund erhielt Margret, als er am nächsten Morgen gerade seine Wohnung verließ.

»Ich komme direkt hin«, sprach er ins Handy und fuhr zum Fundort. Er musste abseits des Weges parken und einige Schritte zu Fuß gehen. Die üblichen in Weiß gekleideten Männer untersuchten die Leiche. Margret warf einen Blick auf das Gesicht der Wasserleiche und erkannte Fritz Starke.

»Da liegt sie, unsere wichtigste Spur. Es ist zum Haare raufen.« Margret sah den Mann an, der die Leiche untersucht hatte.

Dr. Manfred Lutter runzelte die Stirn.

»Du kennst ihn?«, fragte der Mediziner.

»Ich hatte gestern ein Date mit ihm, aber er ist nicht erschienen.« Da der Arzt immer noch irritiert guckte, ergänzte er: »Das war unsere beste Spur. Und jetzt ist er tot. Da er nackt ist und seine Kleidung noch im Pretty Flamingo liegt, darf ich von einem gewaltsamen Tod ausgehen, oder?«, schaute der Kommissar in Richtung des Mediziners.

»Stimmt, sieht so aus. Zwar haben wir weder Anzeichen von Schlägen noch Hämatome, aber guck mal hier.«

Margret beugte sich über den Körper und sah am Hals einen winzigen Punkt.

»Sieht aus wie ein Einstich«, mutmaßte Margret.

»Sehe ich auch so. Daran könnte er gestorben sein. Könnte aber auch als Folge einer Betäubung ertrunken sein«, führte Dr. Lutter aus.

»Näheres also nach der Obduktion. Ab damit in die Rechtsmedizin. Wieder einmal.« Margret sprach kurz mit dem Renterehepaar, dass die Leiche gefunden hatte – wie erwartet ohne Ergebnisse – und fuhr dann missmutig ins Büro.

Lutz Legat empfing ihn auf dem Flur.

»Stefan, was meinst du, haben wir es mit demselben Täter zu tun? Also mit dem, der auch den Anschlag verübt hat?«

»Das wäre logisch, Lutz. Wenn es stimmt, dass Fritz Starke eine ernst zu nehmende Spur hatte, ja sogar den Mörder kannte, dann kann man davon ausgehen, dass das derselbe Täter war. Und noch eines scheint mir festzustehen«, ergänzte Margret.

»Und was?«, fragte der Oberstaatsanwalt Lutz.

»Wir haben eine Eskalation. Jetzt fängt der Täter an, seine Spuren zu verwischen. Hoffentlich gibt es noch andere brauchbare Hinweise, sonst wird es richtig schwer, ihm auf die Schliche zu kommen. Und wir müssen herausfinden, wie er von Starke und seinem Verdacht Wind bekommen hat. Das gefällt mir nicht, dass hier jemand offensichtlich schneller als wir über mögliche Spuren Bescheid weiß.«

30 Bodycount

»Hallo?!«

Er war in Gedanken versunken und überlegte sich gerade seine nächsten Schritte, als das Telefon klingelte. Sie war es. Er hatte mit dem Anruf gerechnet, auch wenn sie vereinbart hatten, keinerlei Kontakt während der ›Krieger-Phase‹, wie er es nannte, aufzunehmen.

»Keine Angst, die Leitung ist sicher. Wenn wir keine Namen nennen und bei Prepaid-Handys bleiben, dann hört uns keiner ab«, sagte sie.

»Was gibt es? Wir wollten keinen Kontakt haben, oder?«

»Richtig, wollten wir. Da gab es aber keine zwei Toten. Wir hatten abgemacht *Keine Toten* und du hast die Abmachung gebrochen.«

Ihre Stimme klang scharf und bestimmt. Auch glaubte er, unterdrückte Wut zu hören. Das mochte er, wenn sie so aus sich herausging. Dann ging von ihr eine Gefahr aus, die er bei Frauen so noch nicht erlebt hatte. Von wegen schwaches Geschlecht.

»Hör mal, das war wirklich nicht geplant und es ist zumindest beim Mann vom Finanzamt auch nicht schiefgelaufen. Die Dosis war korrekt. Der Mann, der dann den Herzinfarkt bekam, hatte einfach ein schwaches Herz. Der wäre früher oder später ohnehin gestorben. Vielleicht haben wir ihm sogar noch einen Gefallen getan. So hat noch jemand von seinem Ableben Notiz genommen und sein glanzloses Leben wenigstens am Ende noch etwas aufpoliert. Der Tod des Mannes tut mir leid. Ein bedauerlicher Kollateralschaden.«

»Aber dieser sogenannte Kollateralschaden ist der Grund dafür, dass sie dich nun wegen Mordes suchen.«

Ihre Stimme klang jetzt noch härter.

»Genau genommen suchen sie *uns* wegen Mordes, denn schließlich hast du mir bei der Planung geholfen. Das war unser gemeinsamer Plan. Hilfst du mir, helfe ich dir, so war es abgemacht. Außerdem glaube ich, dass uns da ein guter Anwalt raushaut. Keiner konnte wissen, dass der einen Herzkasper kriegt und dann nen Abgang macht. Die Dosis stimmte übrigens auch. Alle, auch der mit dem Herzinfarkt, sind zunächst korrekt wieder aufgewacht. Die Rechnung wäre also aufgegangen. Das war Pech, ganz einfach blödes Pech.«

Sie schwieg. Er hörte förmlich, wie es in ihrem Kopf ratterte. Jetzt würde sie nüchtern abwägen, ob für sie das Spiel noch Sinn ergab. So war sie. Er wartete.

»Was sollte das mit dem Mord an dem Wachmann?«, fragte sie einige Zeit später. »Das hatte mit dem Anschlag nichts zu tun. Das war ein Unbeteiligter. Kein Unbeteiligter stirbt. Deine Worte.«

»Hey, was hätte ich denn tun sollen?«, rechtfertigte er sich. »Die Info, dass die Kripo einen heißen Tipp hat, kam von dir. Gott sei Dank hat der Blödmann am Telefon erwähnt, dass er meinen Namen und meine Anschrift kennt. Sonst hätten wir dem keine Beachtung geschenkt.«

»Richtig. Nur hatte ich dir die Info gegeben, damit du das checkst. Du solltest herausfinden, ob der wirklich was weiß. Herausfinden, nicht umbringen. Wir hatten das doch besprochen: Erst der Plan, dann die Tat.«

»Ja, verdammt, weiß ich doch!« Er merkte, wie das Adrenalin in ihm stieg und seine Hand das Handy fast zerdrückte. *Atmen*, dachte er, *atmen, du brauchst sie noch.*

»Ich wollte auch erst gucken, was der weiß«, sagte er ins Handy. »Gleich nach deiner Info bin ich in den Schuppen gefahren und habe noch gerade gesehen, wie er in den hinteren Raum gegangen ist. Er wollte sich vor dem Gespräch mit der Polizei ein wenig vergnügen. Also bin ich hinter ihm her. Und dann habe ich Panik gekriegt. Was, wenn das stimmte, was er Margret erzählt hatte? Was, wenn er wirklich meinen Namen und meine Adresse kannte. Also bin ich da rein und er stand nackt mit dem Rücken zu mir.«

»Und dann hast du ihn sofort kaltgemacht?«

»Nein, natürlich nicht. Ich sagte, dass ich mich in der Tür geirrt habe. Da drehte er sich um und erkannte mich wieder. Ich habe es an seinen Augen erkannt. Der hätte mich verpfiffen.«

»Hast du den auch mit Gas betäubt?«, wollte sie wissen.

»Nein, ich hatte nur diese Spritze dabei, die ich im Labor ausprobieren wollte. Er griff mich an und ich habe sie dem verdammten Mistkerl dann in den Hals gestochen. Er war sofort hinüber. Kein Puls mehr.«

»Hättest du ihn nicht nur betäuben können, verdammt noch mal?«

»Ging nicht. Der hätte mich platt gemacht. Der war doch früher beim Militär. Unehrenhaft entlassen, aber ziemlich stark.«

»Und wie hast du den Typen dann zum Flussufer gekriegt?«

»Das war wieder einfach. Es gibt dort einen Hinterausgang. Da hatte ich geparkt und ihn in den Kofferraum verfrachtet. Dann bin ich zum Fluss gefahren, habe mir eine Schubkarre in einem der Gärten ausgeborgt und den da ins Wasser gelassen.«

»Spuren?«

»Keine. Die Schubkarre habe ich mitgenommen, gesäubert und beim Bahnhofsgelände abgestellt. Ich hoffe nur, dass die keine Videokameras dort hatten. Passiert in solchen Läden ja schon mal, oder?«

»Da kümmere ich mich drum. Jetzt muss ich deinen Mist, den du verzapft hast, wieder ausbügeln.« Ihre Stimme war jetzt schneidend. Aber wenn ihn sein Gefühl nicht trog, dann war sie noch dabei.

»Ich habe mir das überlegt. Ich glaube, ich steige aus«, sagte sie.

Ihm lief es jetzt kalt den Rücken runter. Das durfte nicht passieren. Nicht jetzt. Noch nicht jetzt. *Atmen*, dachte er, *atmen, du schaffst das.*

»Hey, okay, es lief nicht alles nach Plan. Ich habe Mist gebaut, okay. Aber wir sind noch in der Spur. Uns war klar, dass es schwierig werden könnte. Und jetzt können wir nicht aufgeben. Denke an Margret. Wenn ich alleine weitermache, dann weiß ich nicht, ob ich ihn da raushalten kann. Das kann ich dann nicht versprechen. Du weißt, ich bin kein Planer, das kriege ich nicht hin. Du kannst das. Denk an deine Rache. Denk an den Schmerz, den er dir zugefügt hat. Du hast es verdient, dich an ihm zu rächen. Er muss das spüren. Höre jetzt nicht auf. Dann war alles umsonst, die ganze Planung, die Vorbereitung, die Rache, alles.«

Wieder dieses Schweigen am anderen Ende der Leitung. Sie legte jetzt das gesamte Geschehen auf die Waagschale. Bei so etwas ging sie ganz strategisch vor, das wusste er. Sie wollte ihre Rache, das war sonnenklar und Tote standen nicht auf ihrer Rechnung. Auch das war klar. Was würde überwiegen?

»Also gut, noch ein Ding. Genau so, wie wir es besprochen haben. Keine Veränderung, kein Abweichen oder wir sind geschiedene Leute. Verstanden?«

»Einverstanden.« Er hoffte, dass sie seine Erleichterung nicht spürte.

»Und bis dahin Funkstille,« sagte sie.

»Okay.«

Sie legte auf.

Er atmete tief durch. »Das lief besser als gedacht«, sagte er zu sich. Sie hatte das mit dem Security-Mann geschluckt. Gut so. Als er den Mann nackt von hinten sah, hatte er ihm einfach von hinten die Spitze in den Hals gejagt. Dieser verdammte Mistkerl. Er hatte die tödliche Dosis verdient. Endlösung statt Kidnapping und ermüdende Verhöre. Der Typ wollte ihn verpfeifen und das hatte er nun davon. *Mich kriegt keiner klein*, dachte er. Und mit Madame muss ich mir was einfallen lassen. Spätestens beim nächsten Angriff steigt sie aus. Vielleicht gibt es dann wieder einen Kollateralschaden. Ich brauche sie nur noch für den nächsten Job, dann mache ich endlich mein eigenes Ding. Dann kommt mir keiner mehr dumm. Ihr werdet mich alle kennenlernen. Versprochen!

31 Starkes Wohnung

Hauptkommissar Stefan Margret hatte sich die Schlüssel von Fritz Starke aus dessen Jacke genommen und schloss damit die Wohnungstür des Securitymitarbeiters auf. Abgestandene Luft, die nach Zigaretten roch, empfing ihn. Ein dunkler, kleiner Flur, auf dem leere Bierkisten standen und eine Garderobe, an der kein Kleidungsstück hing. Keine Bilder an den Wänden, kein Spiegel.

»Sehr spartanisch, typisch Militär«, murmelte er zu sich und betrat das Wohnzimmer. Auch das war dunkel. Rollos vor den Fenstern. Er zog an der Schnur und ließ Luft herein. Ein Fernseher, Regale, ein Sofa mit zwei Sesseln, Laminat. Keine Bilder an der Wand. *Eine typische Junggesellenbude*, dachte Margret und verglich sie mit seiner eigenen, die sehr ähnlich aussah. *Unwirtlich*, nannte seine Mutter die Wohnung einmal und hatte damit recht gehabt. Auch hier gab es keine Pflanzen und keine Deko. Fritz Starke bekam offensichtlich wenig Besuch.

Margret durchsuchte die Regale und den kleinen Schreibtisch, der in der Nähe des Fensters stand. Kein Computer. Aber ein Verbindungskabel. Es war also jemand vor ihm hier gewesen und hatte den Laptop, denn mehr passte nicht auf den Schreibtisch, mitgenommen. Margret fluchte leise. Die Durchsicht der Regale zeigte einige ältere DVDs mit Kriegsfilmen oder älteren Martial-Arts-Streifen. Die wenigen Taschenbücher sahen alt und zerfleddert aus.

Hatte sich Fritz Starke Notizen gemacht? Und wenn ja, hatte er sein Wissen dem Computer anvertraut oder in Old-School-Manier irgendwo handschriftlich notiert? In seiner Kleidung hatte die SpuSi nichts gefunden.

Das Regal im Schlafzimmer enthielt ebenso wenig wie der Kleiderschrank irgendwelche brauchbaren Hinweise auf das Ableben des Fritz Starke. Über dem ersichtlich teuren Boxspringbett befand sich am Kopfende ein Pinup-Foto an der Wand, an der Decke ein großer Spiegel, der jetzt nur noch die zur Seite geschlagene Steppdecke zeigte. *Ein Leben im Klischee*, dachte Margret und betrat die Küche. Abgewaschenes Geschirr auf der Spüle, das darauf wartete, wieder eingeräumt zu werden. Der Philosoph hätte das als Zeichen des Prinzips Hoffnung gedeutet. Hoffnung, wiederzukommen und die Anforderungen des Tages erneut anzugehen. Dieses Mal aber vergebens.

Margret stöberte ungern in den Wohnungen Toter herum. Er fühlte sich dann wie ein Eindringling, obwohl er das von Berufs wegen ja immer war. Der Gedanke, dass er einen Mord aufzuklären hatte und er nach Spuren suchte, beruhigte ihn ein wenig.

Er stellte den Wasserkessel an und kochte sich einen Instantkaffee. Nichts für Puristen, aber warm. Während er am Küchentisch saß, ließ er seinen Blick im Raum herum schweifen. Nichts Auffälliges, soweit sein Auge reichte. Dann erhob er sich und bückte sich zum Boden des Küchenschrankes. Ein abgerissenes Stück Papier lugte hervor. Er legte es auf den Tisch und las das mit Kugelschreiber geschriebene Wort ›Anders‹. Er erstarrte. War das der Hinweis, von dem Starke gesprochen hatte? War das der Grund für die Frage nach der Belohnung? Rudolf Anders hatte doch ein Alibi!

Stefan Margret steckte den Zettel in einen Plastikbeutel, schüttete den Rest des Kaffees in den Ausguss und verließ die Wohnung. *Schon wieder eine Sackgasse*, dachte er.

32 Pressekonferenz

Die Pressekonferenz in der Stadthalle traf auf große Resonanz. Seit dem Anschlag auf das Amt waren nicht nur die regionale und die überregionale Presse bei allem anwesend, was mit Polizei und Ermittlung auch nur ansatzweise etwas zu tun hatte. Auch zahlreiche Blogger aus dem In- und Ausland quartierten sich in der Stadt ein. Sensationsgier über Ereignisse in einer Stadt, die früher gern mit dem Slogan ›Stadt der goldenen Mitte‹ warb. Jetzt nannte sie sich ›Friedensstadt‹, aber die Geschehnisse der letzten Tage waren alles andere als friedlich.

Oberstaatsanwalt Lutz Legat war zufrieden. Auch diese Pressekonferenz versprach wieder Aufmerksamkeit. Manchmal fragte er sich, warum er nicht ins Marketing statt zur Staatsanwaltschaft gegangen war. Ganz im Gegensatz zu Margret liebte er den großen Auftritt. Wobei er es nie überzog. Es war zwar seine Idee, den Begriff *Presse* sehr großzügig auszulegen und die gesamte Bloggerszene einzuladen. Andererseits, wer hatte schon Lust, allein mit dem konkurrenzlosen Tageblatt, einer lokalen Anzeigenillustrierten und hin- und wieder dem Redakteur einer Schülerzeitung tagaus, tagein einsame Pressekonferenzen abzuhalten. Er jedenfalls nicht.

Wenn ich schon einen guten Job mache, dann darf es auch jeder sehen, dachte er. Er nahm am Podium Platz. Neben ihm der Polizeipräsident und ein immer noch sehr mitgenommener Leiter des Amtes. Margret war zu Hause geblieben. Dem Polizeipräsidenten gefiel der Mord an dem Sicherheitsmann überhaupt nicht und er erwog, Margret zu suspendieren. Er überließ Legat die Leitung und Durchführung der Pressekonferenz und hielt sich zunächst zurück.

Einer der Sicherheitsleute im Eingangsbereich nickte Legat zu. Er nickte zurück. Showtime. Er rückte sich das Mikrofon zurecht und schaute konzentriert in das Publikum.

»Meine sehr verehrten Damen und Herren, ich eröffne die Pressekonferenz und möchte Sie zunächst über den gestrigen Mordfall informieren, bevor ich Ausführungen zu den Geschehnissen rund um das Finanzamt machen werde.«

Blitzlichtgewitter im Saal. Der Beamer ging an.

»Sie sehen hier das Gebäude des Pretty Flamingo, wo der kaltblütige Mord an dem Sicherheitsmann Tom Starke gestern aller Voraussicht nach stattfand. Im hinteren Bereich befinden sich zahlreiche Parkplätze und ein Eingang zur Tiefgarage. Das Mordopfer, männlich, um die 40 Jahre alt, deutscher Staatsbürger, betrat nach unseren Recherchen so gegen 18:30 Uhr den hinteren Bereich des Geschäfts. Heute Morgen gegen sieben Uhr wurde er am Flussuferweg tot aufgefunden. Wegen der genauen Todesursache warten wir noch auf den Bericht der Rechtsmedizin. Fest steht, dass er schon tot war, als er ins Wasser gelegt wurde. Über die genaue Tötungsweise können wir im Moment noch keine Angaben machen. Wir gehen davon aus, dass der Mord im Zusammenhang mit dem Anschlag auf das Amt vom Montag steht. Deshalb gehen wir jetzt auch an die Öffentlichkeit. Die ersten Stunden nach der Tat sind für die Aufklärung die wichtigsten.«

Legat blickte zu der Gruppe der Medienvertreter. Noch keine Frage.

»Die Polizei bittet um Ihre Mithilfe«, sprach er weiter und zeigte nun ein Bild von Fritz Starke. »Wer hat diesen Mann rund um das Pretty Flamingo vor der Tür oder am Hintereingang zur fraglichen Zeit gesehen? Wer hat gesehen, wie er sein Fahrzeug, einen alten 3er BMW, dunkelblaue Farbe, in der Nähe des Eingangs des benachbarten amerikanischen Fastfood-Restaurants abgestellt hat?

Sachdienliche Hinweise erbitten wir an unsere Ihnen bekannte Hotline oder an unsere E-Mail-Adresse für Hinweise aus der Bevölkerung. Soweit erst einmal zu diesem Fall. Ihre Fragen bitte hierzu.«

Legat schaute in die Runde und beantwortete routiniert die zahlreichen Fragen. Er hatte Mikrofone im Saal aufstellen lassen, der jeweilige Fragesteller wurde groß auf der Leinwand gezeigt, ein Dolmetscher für Englisch war auch anwesend. Wenn man schon im Trüben fischt, dann sollte man wenigstens gut ausgerüstet sein, lautete Legats Devise für Fälle dieser Art. Ein Rat seines Vaters. Der bezog das zwar auf seine Tätigkeit als Anlageberater, aber es gibt Sätze, die kann man universell einsetzen. Die Fragen drehten sich zunächst um das Übliche. Ob man einer Spur nachgehe. Man verfolge jede Spur. Ob es Verdächtige gäbe. Die Befragung sei noch im Gange. Ob man schon etwas zum Tatmotiv sagen könne. Zu diesem frühen Zeitpunkt wolle man nicht spekulieren. Und so weiter und so fort. Pressekonferenzroutine.

Jetzt war eine schwarzhaarige Frau mittleren Alters an der Reihe. Sie stellte sich als Bloggerin vor, die ungewöhnlichen Morden nachging.

»Herr Oberstaatsanwalt, handelt es sich um ein Verbrechen aus der Schwulenszene? Geht es etwa um Eifersucht?«

Legat richtete sich auf und schaute die Frau genau an. »Hinweise dazu fehlen bisher. Das Pretty Flamingo wird von Männern und Paaren jedweder Neigung frequentiert. Dass der Täter aus einer gewissen Szene kommt, nein, das ist nicht zwingend. Wie gesagt, wir schließen zum jetzigen Zeitpunkt nichts aus«, antwortete er. »Im Fall des Anschlages auf das Amt gibt es leider noch nichts Neues. Wir gehen jeder Spur nach. Im Moment werten wir immer noch die zahlreichen Hinweise aus der Bevölkerung aus. Wir halten Sie dazu auf dem Laufenden.« Das Wort hat jetzt der Herr Polizeipräsident.

Der Angesprochene schaltete das Tischmikrofon ein, klopfte kurz mit dem Finger darauf und begann mit seinem Statement.

»Wie der Herr Oberstaatsanwalt bereits ausführte, suchen wir im Moment nach Hinweisen auf den Mord im Pretty Flamingo. Unsere Presseabteilung stellt Ihnen gerne weitere Informationen und vor allem ein Bild des Opfers zur Verfügung.«

»Gestatten Sie mir dann, dass ich auch noch auf die Ergebnisse der Razzia bei zahlreichen Reichsbürgern eingehe. Hier haben wir zahlreiche Waffen und staatsfeindliches Material sichergestellt. Wir freuen uns über diesen Schlag gegen eine immer militanter werdende Gruppe. Die weiteren Untersuchungen hat hier der Staatsschutz unternommen.«

»Gibt es Hinweise auf einen Zusammenhang zwischen den Funden und dem Anschlag?«, wollte der Reporter eines Hamburger Boulevardblattes wissen.

»Im Moment gehen wir von zwei verschiedenen Sachverhalten aus«, entgegnete der Polizeipräsident.

»Aber Reichsbürger und Anschlag auf eine Behörde, da liegt doch einen Zusammenhang förmlich in der Luft?«, setzte der Reporter nach. »Wieso gibt es da noch keine Anklage?«

»So schnell schießen die Preußen nicht«, schaltete sich Legat ein. »Wir ermitteln in allen Richtungen, und da geht Qualität vor Quantität.«

»Es heißt, dass Kommissar Margret zu spät zum Tatort kam und der Mord an dem Security-Mitarbeiter deshalb geschah. Wird der Kommissar jetzt vom Fall abgezogen?« Die Frage kam von einem weiteren Blogger.

Der Polizeipräsident lief rot an und atmete durch.

»Wir verdanken es der guten Ermittlungsarbeit von Hauptkommissar Margret, dass wir die Waffenlager der Reichsbürger ausgehoben haben. Und für eine Verspätung, die ursächlich für den Tod von Herrn Starke ist, gibt es keinerlei Anhaltspunkte. Diese Vorwürfe weise ich entschieden zurück.«

Interessant, dachte Lutz Legat, eben wollte er ihn noch suspendieren. Also weitermachen. Auch gut.

»Weitere Fragen?«, unterbrach Legat diesen Teil der Debatte.

»Eine Frage an Herrn Heller vom Finanzamt. Wie geht es Ihnen?«, wollte die Redakteurin eines Frauenmagazins wissen.

Der Amtsvorsteher schluckte. Er trank einen Schluck Wasser, räusperte sich und sprach mit leiser, fast weinerlicher Stimme:

»Wir sind alle noch sehr geschockt und außer uns. Die Mitarbeiter werden psychologisch betreut, aber an einen normalen Betrieb ist kaum zu denken. Die Trauerfeier für den verstorbenen Kollegen wird in der nächsten Woche sein.«

Der Polizeipräsident schritt ein.

»Ich bitte um Verständnis, dass wir jetzt zur Befindlichkeit der Mitarbeiter des Amtes keine weiteren Fragen zulassen. Es ist für alle eine schwierige Situation.«

»Dann gibt es jetzt die letzte Frage«, übernahm Legat wieder die Leitung der Pressekonferenz.

»Rechnen Sie mit weiteren Anschlägen? Soll man den Bürgern raten, zunächst alle Behörden zu meiden?«, fragte ein Journalist von der örtlichen Tagespresse.

»Uns liegen keine Anzeichen vor, dass weitere Anschläge geplant sind. Selbstverständlich können wir das nicht ausschließen. Wir beabsichtigen im Moment aber nicht, eine offizielle Warnung auszusprechen.« Lutz Legat beendete die Sitzung mit Verweis auf das ausliegende Material.

»Legat, ich wollte eigentlich Margret suspendieren. Jetzt geht das aber nicht mehr, nachdem ich mich gerade öffentlich vor ihn gestellt habe«, sagte der Polizeipräsident zum Oberstaatsanwalt. »Das ist aber kein Freifahrtschein, hören Sie? Ich erwarte, dass die weiteren Ermittlungen reibungslos und zügig ablaufen. Nicht, dass ich das noch einmal bereuen muss.«

Oberstaatsanwalt Lutz Legat nickte.

»Wir tun unser Bestes.«

33 Neustart

»Jetzt beginnt der schwierigste Teil in unserer Ermittlung.« Oberstaatsanwalt Lutz Legat schaute in die Gesichter der anderen Mitglieder der SOKO *Anschlag*. »Wir haben kaum brauchbare Spuren und jetzt außerdem einen toten Securitymann. Margret ist gerade einer Suspendierung entgangen und wir wissen, dass jeder weitere Anschlag sofort die Frage aufwerfen wird, was die SOKO die ganze Zeit tut.«

»Wir kennen das, Lutz«, sagte Stefan Margret. »Das ist der Polizistenjob. Wir stehen eben im Fokus und Fehlschläge bleiben dabei einfach nicht aus.«

»Mein Arbeitgeber ruft auch ständig an und fordert schnellere Ergebnisse«, meldete sich Rieke Janssen zu Wort. »Die drohen mehr oder weniger deutlich mit meiner Abberufung, wenn wir nicht liefern. Dabei muss jedem klar sein, dass wir es hier mit einer sehr effektiven und effizienten Tatausführung und damit auch Planung zu tun haben. Es werden auch Zweifel laut, ob es eine gute Idee war, eine Berufsanfängerin an diesen Fall zu setzen.«

»Keine Angst«, erwiderte Margret, »die Anzahl an Profilern ist ja eher begrenzt. Einen Ersatz sehe ich nicht. Eher die Gefahr, dass die in Hannover glauben, wir kriegen das ohne LKA hin. Dann wären die auch bei weiterhin zäher Ermittlung politisch aus dem Schneider.«

»Ich finde, wir sollten uns nicht ins Bockshorn jagen lassen«, sagte Hauptkommissar Peter Behrens, »wir tun, was wir können und sitzen ohne Unterbrechung am Fall. Und mal ehrlich, der Fall ist schon besonders und der Täter schwer auszurechnen. Einen möglichen Belastungszeugen so raffiniert um die Ecke zu bringen, das muss man erst einmal schaffen.«

»Okay, Leute«, rief Margret und klatschte in die Hände. »Ermittlung ist Marathon, kein Sprint. Der Tod des Sicherheitsmannes ist sicher kein Ruhmesblatt, trotzdem machen wir unbeirrt weiter.«

Margret stand auf und stellte sich mit dem Rücken an die Wand. »Wir machen jetzt das, was wir immer machen, wenn wir bei Ermittlungen festhängen: Wir gucken uns noch einmal alle Fakten so an, als wär es das erste Mal. Wir suchen nach Mustern, nach noch so kleinen Hinweisen. Wir gehen den wichtigen Fragen immer und immer wieder nach: Was will der Täter? Wer ist er? Was haben wir übersehen?« Margret kam jetzt in Fahrt und sprach seine Mitarbeiter direkt an, indem er auf sie zeigte.

»Behrens, du wertest noch einmal mögliche Fluchtwege aus. Rieke, ich brauche noch spezifischere Informationen zum Motiv und zur Begehungsweise. Ich gehe noch einmal die Zeugenaussagen durch. Liegt der Autopsiebericht aus der Rechtsmedizin vor?«

»Ja, ich habe den gerade bekommen.« Lutz Legat öffnet einen Aktendeckel. »Also, Fritz Starke ist nicht ertrunken, sondern bereits vorher gestorben. Vermutlich durch die Injektion. Allerdings gibt es keine Hinweise auf die Substanz. Professor Seiters vermutet, dass die sich im Körper sehr schnell abbaut.«

»Das ist neu«, rief Rieke Janssen und kramte in ihren Unterlagen.

»Wieso neu?«, fragte Behrens.

»Also zunächst einmal verwendet er jetzt eine Injektion und kein Gas mehr. Zweitens hat er vermutlich die Dosis erhöht. Es ist zwar nicht erwiesen, dass er nicht vielleicht doch scheintot ins Wasser gebracht wurde. Aber wahrscheinlicher ist Tötung durch injiziertes Gift geschehen«, erklärte die LKA-Beamtin.

»Wir wissen auch, dass es diesmal eine gezielte Tötung war, um einen Zeugen zu beseitigen. Die Frage für mich ist nur, wie er wissen konnte, dass Starke ihn erkannt hatte und auspacken wollte«, meinte Behrens.

»Ich denke, dass er entweder einen Tipp gekriegt hat, dann suchen wir jemanden, der geplaudert hat. Oder Starke hat dem Täter gedroht und wollte neben der Belohnung auch noch Erpressungsgeld einstecken«, mutmaßte Legat.

»Ja, der Täter war jedenfalls verdammt schnell am Tatort«, sagte Margret. »Das ist verdächtig. Er kann natürlich auch zufällig im Pretty Flamingo gewesen sein. Aber Zufälle gab es hier bisher nicht. Das schließe ich eher aus.«

»Lassen wir das mal so stehen und kümmern uns erst um die anderen Fragen. Wir treffen uns in spätestens zwei Stunden wieder hier.« Margret wandte sich an den Oberstaatsanwalt. »Lutz, du machst noch Pressekram, oder?«

»So ist es. Wir leben ja in einer Informationsgesellschaft. Ich gebe denen was zum Tod von Starke. *Fundort nicht gleich Tatort*, biete ich als Schlagzeile an.«

34 Faktencheck

Hauptkommissar Stefan Margret rieb sich die Augen und stützte seinen Kopf auf beide Hände. Er saß seit geschlagenen zwei Stunden an seinem Schreibtisch und hatte alle Zeugenbefragungen und Autopsieberichte erneut sorgfältig studiert. Das Ergebnis war ernüchternd und wurde durch wiederholtes Lesen nicht besser. Der alte Kriminalistenspruch »Wir müssen tiefer graben!« half ihm nicht viel weiter. Es gab nichts Tieferes und nichts blieb einfach nichts.

Er blätterte in der Aussage der Zeugin Reimer. Sie hatte ausgesagt, dass der Täter ihr vor der Tür der Teeküche gedroht hatte. Das war ungewöhnlich, hatte er doch alle anderen Opfer ohne weitere Kommentare angegriffen. Behrens und Rieke betraten sein Büro.

»Hört mal, diese Frau Reimer, die aus der Teeküche, ich habe da den Eindruck, dass der Täter und die sich möglicherweise kannten. Das ist jetzt mehr ein Gefühl, aber vielleicht sind die irgendwie miteinander verbunden. Und sei es beruflich.« Margret guckte seinen Mitarbeiter an. »Behrens, kannst du dem noch mal nachgehen. Vielleicht guckst du auch noch einmal ihre Fälle durch. Es ist denkbar, dass der Anschlag seine Ursache in einer konkreten Begebenheit hatte, die als Auslöser diente«, sagte er.

»Geht klar, Stefan«, sagte Behrens und schrieb in seinen Notizblock.

»Ansonsten habe ich bei der Überprüfung möglicher Fluchtwege nichts gefunden. Die Befragung bei der Bahn hat nichts ergeben. Ich vermute, dass der Täter entweder zu Fuß getürmt ist oder das Fahrrad genommen hat. Einen Beweis dafür gibt es bisher nicht.«

»Okay, danke, dann ist das halt eine Sackgasse. Lass uns bitte zunächst davon ausgehen, dass der Täter nicht so weit entfernt vom Tatort Unterschlupf gesucht hat oder sogar wohnt. Rieke?«

Die LKA-Beamtin fuhr sich durch ihr langes blondes Haar und hielt eine Karteikarte hoch.

»Ich habe mich noch einmal mit der Begehungsweise beschäftigt und den Rechtsmediziner angerufen«, sagte sie. »Er erklärte mir, dass es tatsächlich Gifte gäbe, bei denen der Nachweis schwerfällt. Er riet dazu, einen Toxikologen einzuschalten. Ich habe auch gleich einen gefunden. Einen Professor hier an der Universität. War früher mal Apotheker und leitet jetzt den Botanischen Garten. Den sollten wir mal interviewen.«

»Genau das machen wir jetzt.« Margret schaute seine beiden Mitstreiter an.

»Behrens, du suchst nach möglichen Kontakten des Täters zum Amt. Rieke, wir besuchen den Toxikologen. Das müsste doch mit dem Teufel zugehen, wenn wir nicht weiterkommen.«

35 Botanischer Garten

Stefan Margret und Rieke Janssen entdeckten den Toxikologen und Leiter des Botanischen Gartens in der Nähe des Mangrovenwaldes.

»Ah, die Kriminalpolizei«, begrüßte Prof. Dr. Dierk Wiegand die beiden Beamten und bat sie, auf der Bambusbank Platz zu nehmen. Wie in einem Regenwaldhaus üblich, herrschte eine hohe Luftfeuchtigkeit und es tropfte laut und vernehmlich von den Bäumen.

»Ich hatte Ihnen ja schon am Telefon erzählt, dass wir einen ungewöhnlichen Fall bearbeiten, bei dem vermutlich Gift zum Einsatz gekommen ist«, begann Rieke Janssen das Gespräch. »Wir hoffen, dass Sie uns bei der Suche nach dem Gift helfen können.«

»Sie sagten ja schon, dass der Rechtsmediziner keinerlei Substanzen im Organismus der Opfer gefunden hat«, erwiderte der Toxikologe. »Das bedeutet entweder, dass gar kein Gift verwendet wurde oder der Stoff sehr flüchtig ist. Sie erwähnten noch ein Opfer, das mittels eines Einstiches am Hals umgekommen ist? Stimmt das?«

»Richtig«, schaltete sich jetzt auch Margret ein. »Wir haben die Leiche in einem Fluss gefunden. Ertrinken war aber nicht die Ursache, sondern wahrscheinlich eine Injektion mit was auch immer.«

»Tja, das Problem ist, dass es sehr unterschiedliche Gifte gibt,« führte der Professor weiter aus und wischte sich seine Stirn mit einem Stofftaschentuch ab. »Allerdings hinterlassen die meisten Toxine irgendeine Reaktion am oder im menschlichen Körper. Typisch sind z. B. Verätzungen, wie bei militärisch verwendetem Giftgas etwa in Kriegsgebieten. Oder es treten zumindest Rötungen auf. Sie haben aber, so scheint mir, gar nichts an den Körpern gefunden?«

»So ist es. Leider«, sagte Margret.

»Auch nicht an den Organen?«, fragte der Professor nach.

»Bis jetzt nicht«, entgegnete Rieke Janssen.

»Ungünstig«, sagte der Professor mehr zu sich selbst. »Das heißt dann andererseits, dass wir klassische Gifte, egal ob pflanzlicher oder tierischer Herkunft ausschließen können.«

»Was zum Beispiel?«, fragte Margret nach.

»Na ja, etwa Pflanzengifte wie Eisenhut, Fingerhut, Brechnuss oder Gifte vom Skorpion, Bienen oder dem Kugelfisch. Auch viele Schlangengifte dürften ausscheiden. Jedenfalls die bekannten. Auch diverse Gifte, die von Mikroorganismen produziert werden, fallen raus oder bestimmte Pilzgifte«, führte der Professor aus.

»Das klingt nach ganz schön vielen Giften«, fand Margret.

»In der Tat, Herr Kommissar. Deshalb gibt es ja auch eine eigene Fachrichtung, die sich damit beschäftigt. Ich verschone sie mit all dem Fachchinesisch. Es ist im Detail leider kompliziert«, sagte der Toxikologe.

»Und was ist mit der Wirkungsweise?«, wollte die LKA-Beamtin wissen. »Die Opfer waren ja erst scheintot und sind dann fast alle zur selben Zeit wieder aufgewacht. Ist das ein Hinweis?«

»Wie stark ein Gift wirkt, hängt immer von der Dosis ab. Sie kennen ja sicher den Spruch, wonach die Dosis das Gift macht?«

»Paracelsus«, sagte Margret.

»Genau, Herr Kommissar. Nicht jedes Gift muss sofort tödlich sein. Ein Gift allerdings so zu dosieren, dass Menschen nur scheintot sind, bleiben wir mal bei dem Begriff, das ist nicht einfach.«

»Wir vermuten ja, dass der Täter zunächst Gift in Gasform eingesetzt hat, vermutlich durch eine Art Pistole versprüht und beim zweiten Angriff eine Flüssigkeit injiziert hat. Kann das dasselbe Gift sein?«, setzte Margret nach.

»Durchaus«, antwortete der Professor. »Die meisten Gifte lassen sich in unterschiedlichen Aggregatzuständen herstellen. Daraus lässt sich auch nicht unbedingt etwas ableiten.«

»Wie werden solche Gifte hergestellt? Und kann man die Wirkungsweise außer über die Dosis verändern?«, fragte Rieke Janssen, die sich eifrig Notizen machte.

»Viele Gifte werden direkt von einer Pflanze oder einem Tier gewonnen und dann verdünnt oder unverdünnt verwendet. Denken Sie an die Giftpfeile vieler Stämme aus den Tropen.«

»Aber man kann das doch auch synthetisch herstellen?«, fragte Margret.

»Genau. Das geht. Wenn man es so macht und damit das Gift quasi im Reagenzglas erzeugt, dann kann man es natürlich auch beliebig verändern. Wenn man die Substanz hat, lässt sich anhand der chemischen Formel häufig nachvollziehen, woher es ursprünglich mal herstammte.«

»Und man braucht die Substanz, um ein Gegengift herzustellen?«, kam Margret plötzlich eine Idee.

»In Ihrem Fall ja, da es keine brauchbare Spur gibt, um was für eine Substanz es sich handelt.«

»Was können Sie uns aus der Art und Weise des Vorgehens über die Ausbildung des Täters sagen, Herr Professor? Müssen wir nach einem Chemiker suchen?«, fragte die Profilerin vom LKA.

»Also, sagen wir mal so: der, der das hergestellt hat, ist natürlich Chemiker oder sogar Toxikologe. Der Täter kann das selbstverständlich auch gekauft haben. Das ist aber sehr unwahrscheinlich.«

»Warum?«, fragte Margret.

»Weil das sehr wahrscheinlich ein seltenes Gift ist und der Hersteller sehr lange an der Entwicklung gearbeitet hat. Er ist dabei, so scheint es, unerkannt geblieben, das heißt, es war kein Wissenschaftler oder kein offizielles Labor. Die hätten das veröffentlicht. Stellen Sie sich vor, Sie hätten etwas Derartiges entwickelt. Das lässt sich auf dem Markt gut verkaufen. Und das spricht sich rum.«

»Über das Darknet?«, fragte Margret.

»Möglich. Aber dann hätte ich das gehört«, erwiderte der Professor.

»Gut«, sagte die Profilerin, »gehen wir mal davon aus, dass der Täter das Gift selber hergestellt hat. Was sagt uns das?«

»Er braucht ein Labor«, folgerte Margret.

»Und zwar ein gutes«, ergänzte der Professor.

»Ich habe da noch einen anderen Gedanken«, sagte Margret. Die beiden schauten ihn aufmerksam an. »Wenn wir mal davon ausgehen, dass der Täter zunächst scheintote Opfer wollte, dann muss er das aber verdammt genau dosiert haben. Das stelle ich mir schwierig vor.«

»In der Tat. Das muss man vorher testen«, sagte der Toxikologe.

»Tierversuche?«, fragte Rieke Janssen.

»Richtig. Aber das kann nur der Anfang sein. Um die Giftigkeit von Stoffen festzustellen, testet man unter standardisierten Verfahren zunächst an Tieren, zum Beispiel Ratten. Daraus kann man dann eine sogenannte letale Dosis ableiten. Ab dieser Dosis führt das bei mindestens der Hälfte der Ratten zum Tode.«

»Aber hier geht es um Menschen«, sagte Margret. »Das Rattenergebnis kann man doch nicht einfach umrechnen, oder?«

»Nicht, wenn man so ein exaktes Ergebnis wie diese Scheintoten erzeugen will«, sagte der Professor.

»Heißt das, wir müssen davon ausgehen, dass der Täter das Gift schon einmal an Menschen getestet hat?«, fragte Margret.

»Ich fürchte ja«, antwortete der Toxikologe. »Ich würde jedenfalls so vorgehen. Das ist allerdings verboten. Und kein Unternehmen würde so etwas machen.«

Da wäre ich nicht so sicher, dachte Margret. Laut sagte er: »Wir suchen also nach einem Chemiker oder jemandem mit solchen Kenntnissen, der ein eigenes Labor hat und im Vorfeld der Tat zahlreiche Versuche an Menschen unternommen hat.«

»Das fasst es ziemlich gut zusammen, fürchte ich«, erwiderte der Professor.

»Das sieht nach einem recht klaren Täterbild aus«, ergänzte die Profilerin.

»Und nach viel Arbeit«, fügte Margret hinzu. »Ich glaube, wir müssen unsere Suche ausdehnen und mal nach seltsamen Fällen der letzten Zeit suchen.«

Noch im Auto rief Margret Hauptkommissar Peter Behrens an.

»Behrens, du recherchierst bitte nach Personen mit einschlägigen Chemiekenntnissen. Ruf passende Firmen im weiteren Umkreis an und versuche an Experten für Toxikologie heranzukommen. Bitte sie um Unterstützung, damit wir an Namen herankommen. Irgendwo hier in der Nähe gibt es jemanden, der dieses seltsame Gift herstellen kann. Finde ihn. Wir brauchen einen Namen!«

»Okay, bin dran,« antwortete Behrens.

Margret schaute zu seiner Begleiterin vom LKA.

»Rieke, recherchiere bitte in Krankenhäusern und in größeren Arztpraxen, ob es irgendwelche ungewöhnlichen Fälle gibt, die darauf schließen lassen, dass das Gift an Menschen getestet worden ist«, trug er ihr auf. »Altenheime wären eine gute Möglichkeit, aber auch andere Bereiche. Gehe die gemeldeten Mordfälle durch, rufe Notärzte an. Unser Täter musste seine Substanz testen. Finden wir die unfreiwilligen Testpersonen«, beendete er seine Instruktionen. »Ab jetzt erhöhen wir den Druck. Ich selber werde mich mal mit einer alten Bekannten unterhalten. Wir brauchen handfeste Ergebnisse!«

Er stieg aus.

»Ich gehe zu Fuß, nimm du den Wagen.« Sprach es und lief in Richtung Altstadt.

Rieke Janssen schaute ihm länger hinterher, schüttelte den Kopf und startete den Motor.

36 Die Therapeutin

Das Haus, das Margret ansteuerte, befand sich in der Altstadt. Schon von Weitem sah er die alte Fachwerkstruktur und die imposante Eingangstür. Margret, der weiter nördlich in Deutschland aufgewachsen war, wunderte sich immer wieder über diesen Bestand an alten Häusern. An manchen Tagen versetzte ihn das in ein Gefühl von früheren Jahrhunderten und manchmal erwischte er sich bei dem Gedanken, wie es wäre, wenn er vor über einem Jahrhundert in dieser Stadt Kommissar gewesen wäre. Ohne Handy und Internet, ohne DNA-Abgleich und Datenbanken. Ohne Profiling.

Er klingelte und hörte irgendwo im Haus einen Summer. Die Tür öffnete sich automatisch. Er betrat den Flur und ging an dessen Ende die Treppe hoch. Vor einigen Jahren war er diesen Weg jeden Mittwochnachmittag gegangen. Er war hier regelmäßiger Gast oder genauer gesagt, Patient gewesen.

Frau Dr. Renate Rosen erwartete ihn schon.

»Hallo Stefan, da sind Sie ja. Ich war ganz erstaunt, dass Sie hier mal wieder vorbeischauen. Sie sehen ein wenig gestresst aus«, sagte die Psychotherapeutin.

»Ja, das stimmt, Frau Rosen«, entgegnete der Hauptkommissar. »Das ist auch der Grund meines Besuches.«

Sie bat ihn in ihre Therapiepraxis. Es hatte sich nichts verändert. Nur, dass er diesmal einen Tee bekam. Früher stand auf dem Tisch immer ein Glas Wasser für ihn.

»Ostfriesentee, den mögen Sie ja, oder?«, fragte sie ihn, goss aber schon ein.

»Ja natürlich«, antwortete er, »einmal Norddeutscher, immer Norddeutscher.«

Sie lächelte. Sie war älter geworden, hatte sich allerdings – wie man so schön sagt – gut gehalten für ihr Alter. Sie praktizierte jetzt nur noch gelegentlich und fertigte – auch nur gelegentlich – psychologische Gutachten für die Strafgerichte an.

»Was kann ich für Sie tun? Ich vermute, Ihr Besuch ist diesmal nicht privater, sondern beruflicher Natur«, eröffnete sie das Gespräch.

»Das stimmt«, erwiderte Margret. »Sie haben vielleicht von diesem Anschlag auf das Finanzamt gehört.«

»Oh, ja. Sie meinen diesen seltsamen Fall, wo die Mitarbeiter erst für tot gehalten wurden und dann wieder aufwachten? Wirklich ungewöhnlich. Und Sie bearbeiten den, habe ich gelesen.«

»Das tue ich. Inzwischen ist noch ein Mord an einem Sicherheitsmann dazugekommen. Er hatte mich angerufen und mir Informationen über die Identität des Täters angeboten. Das hat ihn das Leben gekostet. Ich vermute, es war derselbe Täter. Deswegen bin ich hier. Ich hätte gerne Ihre Einschätzung zum Täterverhalten«, sagte der Kommissar. »Ich habe die Einschätzung unserer Profilerin, möchte aber trotzdem noch einmal mit Ihnen darüber sprechen.«

»Eine Ferndiagnose ist natürlich immer schwierig«, begann die Therapeutin und reichte sich und Margret die Sahne zum Tee. »Jedoch gibt es da schon einige Punkte, die auffallen, wenn man die detaillierten Berichte im Internet betrachtet.«

Margret nahm seine Teetasse und lehnte sich im Sessel zurück. Gespannt wartete er auf die weiteren Ausführungen. Frau Dr. Rosen war bekannt für ihre vorsichtigen, in der Regel gleichzeitig sehr präzisen Aussagen. Hinzu kam ihre große Erfahrung im Umgang mit auffälligem, abweichendem Verhalten. Lange bevor in Deutschland von Profiling die Rede war, hatte sie Fachaufsätze zur Typisierung von Täterverhalten geschrieben.

»Bemerkenswert finde ich zunächst einmal, dass hier eine staatliche Stelle angegriffen wurde. Wenn wir mal einen terroristischen Akt außer Acht lassen, dann würde man aus tiefenpsychologischer Sicht einen Zusammenhang mit Autoritätsproblemen vermuten. Nur eine Vermutung. Allerdings erleben wir das häufig, dass zum Beispiel gerade Männer sich gegen Autoritäten auflehnen und dann zu Gewalt neigen.«

»Sie meinen, der Täter hatte Probleme mit seinem Vater?«, fragte Margret.

»Na ja, so ähnlich«, erwiderte Dr. Rosen, »nur greift nicht jeder mit Vaterproblemen automatisch Ämter an.«

»Wenn das so wäre, dann gäbe es wahrscheinlich auch keine Ämter mehr.«

»Da kann man von ausgehen.« Dr. Rosen lächelte. »Dass dann zwar ein Anschlag verübt wird, die Opfer aber zunächst nur scheintot sind, könnte darauf hindeuten, dass der Täter sich überlegen fühlt. Bedenklich ist der anschließende Tod des Sicherheitsmannes. Während der Tod des Beamten noch auf Herzversagen zurückgeführt werden kann, also eher ein Unglücksfall ist, deutet die Beseitigung des Zeugen auf Skrupellosigkeit hin. Ich befürchte, dass es dabei nicht bleibt.«

»Das vermutet unsere Profilerin auch«, erwiderte Margret. »Mir fehlt ein Motiv.«

»Ich tippe auf Rache verbunden mit einer narzisstischen Kränkung«, erklärte die Psychologin.

»Ich tippe auf krank und Psychopath«, warf Margret ein. »Unsere Profilerin geht inzwischen auch von einer Rachetat aus. Aber ist das nicht ein bisschen wenig?«

»Rache allein reicht nicht, das stimmt. Genauso wenig wie eine narzisstische Kränkung. Narzissmus ist ohnehin längst eine Volkskrankheit. Viel zu viele Menschen sind schon bei kleinsten

Vorkommnissen gleich beleidigt. Nein, nein, wir suchen schon nach einem Psychopathen. Allerdings rasten die auch schnell aus. Der Angriff auf das Finanzamt sieht nach einer kühlen, geplanten Tat aus.«

»Wir vermuten einen Komplizen im Hintergrund«, sagte der Hauptkommissar.

»Denkbar«. Die Psychotherapeutin überlegte. »Normalerweise haben Psychopathen ihre Wut und Agressionen nur schwer im Griff. Lange Planungen liegen ihnen nicht. Das spricht für eine Komplizenschaft. Allerdings hält so etwas in der Regel nicht lange. Diese Menschen gehen kaum Bindungen ein und wenn, dann manipulieren sie stark.«

»Bedeutet das, dass der Komplize gefährlich lebt?«, wollte Margret wissen.

»Vermutlich ja. Ich befürchte, dass schon der Tod des Sicherheitsmannes nicht planvoll, sondern impulsiv erfolgte. Das lässt nichts Gutes erahnen.« Die Therapeutin schaute Margret ins Gesicht. »Das sind natürlich nur Überlegungen aus der Ferne. Ich halte das aber nicht für unwahrscheinlich.«

»Dann steht uns noch was bevor. Besser, wenn wir den Kerl schnell fassen«, bemerkte Margret und stand auf. »Ich gehe wieder an die Arbeit.«

»Ja, hoffentlich fassen Sie den Täter. Aber, Stefan, seien Sie vorsichtig. Dem Täter sind Menschenleben völlig gleichgültig.«

»Das mache ich, Frau Rosen. Wenn Ihnen noch etwas einfällt, können Sie mich jederzeit anrufen. Eine Frage habe ich noch: Ihnen ist nicht zufällig in letzter Zeit bei Ihrer Gutachtertätigkeit so ein Exemplar aufgefallen?«

»Nein, ich denke nicht. Meine Klienten haben sich gut entwickelt. Na ja, und außerdem fällt das ja unter die Schweigepflicht. Ich melde mich, Stefan, wenn mir etwas auffällt.«

Die Therapeutin hatte den Kommissar zur Tür begleitet und wieder an ihrem Schreibtisch Platz genommen. Sie nahm eine Akte zur Hand und las darin. Sie ließ die Akte sinken und schüttelte den Kopf. »Nein, das glaube ich nicht«, sagte sie zu sich selbst und machte Feierabend.

37 Gewerbeamt

Es war nicht ungewöhnlich, dass ein Jogger frühmorgens durch die Altstadt lief. Manche Menschen joggen lieber früher. Es war auch nicht ungewöhnlich, dass der ganz in Schwarz gekleidete Jogger die leichte Anhöhe zum Stadthaus ohne größere Probleme nahm. Viele Jogger sind durch das regelmäßige Üben gut in Schuss, wie man so sagt. Ungewöhnlich war es allerdings, dass der Jogger dann in die Tiefgarage einbog und inzwischen eine schwarze Haube trug. Ihn bemerkte keiner, und selbst wenn ihn jemand bemerkt haben sollte, dann machte das auch keinen Unterschied. Frühmorgens sind die Menschen in der Regel mit anderen Dingen beschäftigt, als mit der genauen Beobachtung, wer wann wo in eine Tiefgarage hineinläuft und dann eine Tür öffnet, wodurch man in die oberen Räume gelangt. Ebenfalls ungewöhnlich war, dass ihn keine Kamera erfasste, sollten Kameras doch genau diese Ungewöhnlichkeiten festhalten.

Der Mann in Schwarz ging das Treppenhaus hoch, ohne irgendein Geräusch zu machen. Am oberen Absatz blieb er kurz stehen und hob den Kopf. Er spähte dann durch eine weitere Tür, auf der ›Zum Gewerbeamt‹ stand. Er ging hindurch und betrat drei Türen weiter rechts eine Besenkammer. Es roch nach Reinigungsmittel. Der Mann nahm den kleinen, auf den ersten Blick gar nicht zu sehenden Rucksack vom Rücken, öffnete ihn und entnahm eine Pistole. Sie war ebenfalls schwarz und unterschied sich rein äußerlich nicht von den Modellen, die der eifrige Krimizuschauer aus dem Fernsehen kannte. Waffenexperten hätten jetzt gesagt »Das ist doch eine Walther PPK«, wobei sie sich geirrt hätten. Nur der Mann in Schwarz wusste, dass die Pistole umgebaut worden war und nun ganz andere Munition enthielt. Wie bei einer normalen Pistole lud er diese und atmete dann tief durch.

Vorsichtig öffnete er die Tür zur Besenkammer und schaute durch die Sehschlitze in der Maske den Flur entlang. Niemand zu sehen, aus der Ferne waren Stimmen zu hören. Gut.

Er verließ die Besenkammer, schloss sorgfältig und leise die Tür und schlich auf Zehenspitzen durch den mit Teppich ausgelegten Flur. Er gelangte so bis zum Ende und ging dann, ohne anzuklopfen, in den letzten Raum auf der rechten Seite. In ihm saß eine Person an ihrem Schreibtisch, den Oberkörper von der Tageszeitung verdeckt. Rechts von der Zeitung stand ein Kaffeebecher mit dampfenden Inhalt und der Aufschrift ›Ich möchte einmal mit Profis arbeiten!‹.

Die schwarze Gestalt hob die Pistole an und zielte auf die Zeitung. Dann sagte sie »Hej!«. Langsam senkte sich die Zeitung und gab den Blick auf ein Gesicht frei, das ersichtlich noch nicht ganz wach war. Der Mann, es war ein Mann, kniff die Augen zusammen und streckte ein wenig den Kopf vor. Doch bevor er auch nur ansatzweise erkennen konnte, worum es hier ging, drückte der Eindringling die Pistole ab. Es gab ein Geräusch, als wenn man eine Weinflasche entkorkt, nur leiser. Der Mann hinter dem Schreibtisch sah eine feine Wolke auf sich zukommen. Zu schnell, um auszuweichen. Zu schnell, um zu begreifen, was jetzt passieren würde. Der Mann kippte nach vorne auf seinen Tisch, wobei seine rechte Hand den Kaffeebecher auf den Boden beförderte. Die Aufschrift war jetzt nicht mehr zu lesen, dafür verbreitete sich der Kaffee langsam um die Tischbeine und bildete einen organisch aussehenden braunen Fleck.

Der Mann in Schwarz verließ den Raum genauso leise, wie er hineingelangt war. Draußen betrat er das gegenüber liegende Zimmer. Dort standen zwei junge Frauen am Fenster, vielleicht Anwärterinnen, und zeigten sich gegenseitig Schnittmuster aus einer Zeitschrift. Sie schreckten hoch, sahen ihn, konnten allerdings vor lauter Schreck nicht schreien. Zwei kurze Plopps, zwei kleine Wolken und zwei junge Frauen lagen auf dem Teppichboden. Das Schnittmuster rutschte hinter einen Aktenbock.

Im dritten Zimmer mit der Aufschrift ›Gewerbeanmeldung A bis Ge‹ goss eine ältere Frau gerade ihre Grünpflanzen, als der Täter eintrat. Ohne aufzublicken sagte sie »Ah, Herbert«. Doch es war kein Herbert, und als auch sie die Gaswolke erreichte, wurde ihr damit die Möglichkeit genommen, ihren Fehler einzusehen.

Draußen auf dem Flur stieß der schwarze Mann auf einen anderen schwarzen Mann, der ihn erstaunt anguckte. Dieser Mann trug in dicken Lettern ›Security‹ auf der Brust und war natürlich nicht bewaffnet. Natürlich war er auch nicht auf diese Situation vorbereitet, versah er doch nur den Wach- und Schließdienst. Der Mann mit der Maske hielt nur kurz in seiner Bewegung inne, dann hob er die Pistole und schoss auf den Sicherheitsdienst. Der sackte lautlos zusammen und fiel in Zeitlupe auf den Boden. Der Mann mit der Maske stieg über ihn hinweg und verließ das Gebäude über die Tiefgarage, wo die Kamera immer noch keine Livebilder aufzeichnete. Das sollte sie erst eine Viertelstunde später wieder tun. Was der Jogger wusste.

Der Mann in Schwarz hatte zwischenzeitlich seine Waffe verstaut und die Maske abgenommen. Ein ganz gewöhnlicher Jogger an einem dann doch nicht ganz gewöhnlichen Tag. Vom Einlaufen in die Tiefgarage bis zum Herauslaufen waren nicht einmal zehn Minuten vergangen.

38 Tatortbesichtigung

Hauptkommissar Stefan Margret befand sich in der Tiefschlafphase, als er irgendwo in seinem Traumland ein Handy klingeln hörte. Es dauerte einige Zeit, bis er erwachte und zu seinem Telefon auf dem Nachttisch griff.

»Ja«, murmelte er.

»Behrens hier. Sorry, aber du musst kommen. Ein neuer Anschlag«, sagte Behrens am anderen Ende der Leitung.

»Wann, wo, wie viele?«. Margret setzte sich auf.

»Heute früh gegen sechs Uhr. Gewerbeamt. Fünf Opfer«, hörte er Behrens sagen.

»Leben die noch?«

»Schwer zu sagen. Der Arzt ist da. Empfiehlt eine Überführung ins Krankenhaus.«

»Okay. Veranlasse das. Und der Seiters von der Rechtsmedizin soll kommen. Ruf auch den Toxikologen von der Uni an. Wir müssen was finden. Ich dusche jetzt, dann komme ich auch. Wir treffen uns zunächst am Tatort, Rieke soll mit ins Krankenhaus.«

Margret legte auf und schleppte sich unter die Dusche. Der frühe Morgen war nicht seine Zeit. Leider hielten sich viele Täter nicht daran. Außerdem wurden die meisten Opfer erst am Morgen gefunden. Auch ungünstig für Eulen wie den Kommissar.

Er hoffte, den Fall doch noch in nächster Zeit abschließen zu können, um endlich mal im Urlaub wieder ausschlafen zu dürfen. Bei der jetzigen Ermittlungslage eher ein frommer Wunsch.

Am Tatort hatten Beamte bereits alles abgeriegelt und die Spuren gesichert. Margret begrüßte Behrens, der ebenfalls nicht wach aussah.

»Was wissen wir?«, fragte Margret ihn.

»Der Täter kam unbemerkt rein und ging unbemerkt raus. Fünf Opfer ohne Puls. Keine Kameraaufzeichnung, keine Zeugen. Professionell geplant und auch so durchgezogen. Schöner Scheiß.«

»Ein Fest für die Presse«, ergänzte Margret.

»Weiß Lutz Bescheid?«

»Japp, sitzt schon beim Polizeipräsidenten.«

»Na super, das heißt noch mehr Druck. Wir treffen uns um zehn im Sitzungszimmer. Sag Rieke Bescheid.«

»Mache ich.«

Margret ging auf den Leiter der SpuSi zu.

»Irgendetwas?«

»Wenig. Eigentlich nichts. Ein Profi. Oder einer, der sehr sorgfältig alles geplant hat. Keine Spuren. Ein verwischter Abdruck eines Sportschuhs in der Besenkammer. Kaum brauchbar.«

»Okay, schick mir möglichst schnell den Bericht.«

Der Hauptkommissar blieb stehen und wandte sich noch einmal zum Leiter der SpuSi um.

»Sag mal, ist euch aufgefallen, ob irgendwelche Türschilder weg sind?«

»Jetzt, wo du es sagst, stimmt. Bei den Türen der Opfer fehlen welche. Hat das was zu bedeuten?«, fragte der Beamte.

»Keine Ahnung«, sagte Margret und schrieb in seinen Block.

Margret ging in die Tiefgarage. Er wollte, wie er das an Tatorten so häufig machte, ein Gefühl für die Situation bekommen. Irgendetwas spüren. Das hatte ihm in früheren Fällen oft geholfen. Neben den reinen Fakten war ein Gefühl für den Fall wichtig. Allerdings stellte sich kein Gefühl ein. Nicht einmal Wut. Vielleicht lag es am frühen Morgen, dass Margret das Gefühl hatte, als würde ihm irgendetwas die Lebensgeister entziehen. Der Fall wurde schwierig. Sehr schwierig.

39 Ein Anruf

»Der Präsident macht Druck, die Presse wird hysterisch und Mitarbeiter von Behörden melden sich massenhaft krank. Kaum ein Amt, das noch auf hat oder ordentlichen Dienst machen kann. Wir müssen liefern.«

Oberstaatsanwalt Lutz Legat schaute in die Runde der SOKO. Wieder einmal waren die Mitglieder zusammengekommen, um die vorhandenen Fakten zu bewerten. Es herrschte betretenes Schweigen.

»Stefan!?«

»Der Fall läuft aus dem Ruder, wenn wir nicht langsam eine brauchbare Spur bekommen«, sagte der so angesprochene Kommissar. »Ich könnte gerade mal alles kaputt schlagen, was mir unter die Augen kommt. Trotzdem, wir müssen ruhig bleiben, auch wenn wir die Einzigen sind, denen das vielleicht noch gelingt. Wenn wir auch noch die Nerven verlieren, dann können wir hier gleich schließen.« Margret schaute jetzt ebenfalls in die Runde. Seine Mitstreiter wirkten alles andere als frisch. Behrens konnte die Augen kaum offen halten. Die Sackgassen und Fehlschläge fingen an, Spuren bei allen zu hinterlassen.

»Okay, der Reihe nach. Ordentliche Polizeiarbeit unter Hochdruck.« Margret richtete sich auf und ging an eine Tafel. »Behrens, dein Bericht, bitte.«

»Punkt eins: Die Opfer im Krankenhaus sind noch nicht wieder aufgewacht. Im Vergleich zum ersten Anschlag haben die jetzt noch eine Stunde Zeit. Medizinisch ist das volle Programm aufgefahren. Das wird spannend«, begann Behrens seinen Bericht.

»Danke, das müssen wir abwarten«, erwiderte Margret und schrieb das Wort ›Opfer‹ an die Tafel.

»Punkt zwei: Die SpuSi hat vom heutigen Anschlag keine einzige Spur. Auch der Abdruck in der Besenkammer bringt uns nicht weiter, weil er weder einem bestimmten Schuhtyp noch einer Schuhgröße zugeordnet werden kann. Die Kameras liefen während der Tat in einer Schleife und das hat natürlich mal wieder keiner bemerkt. Zeugen, die etwas gesehen haben könnten: Fehlanzeige. Ein schwarzer Mann wurde auch nicht gesichtet. Damit ist die Spurenlage noch schlechter als beim ersten Anschlag, und die war schon grottenschlecht.«

»Na super.« Margret notierte ›Spuren‹ und dahinter ein Minuszeichen.

»Punkt drei: Ich habe ja versucht, eine Liste von Personen mit möglichst einschlägigen Chemiekenntnissen zu bekommen. Die Liste ist sehr lang, da wir hier an der Universität einen Fachbereich Chemie haben und auch die Hochschule derartige Leute beschäftigt. Hinzu kommen alle Chemielehrer aus dem weiteren Umkreis. Und natürlich Ärzte und so weiter. Das ergibt so ungefähr 450 Personen. Nicht wenig, finde ich.«

»Finde ich auch«, erwiderte Margret und notierte die Personenzahl. »Bitte hole dir da Hilfe. Wir befragen die alle und sortieren erst einmal die aus, die an einem der drei Tage ein wasserdichtes Alibi haben. Dann alle, die zu alt sind. Und wir machen eine Männer- und eine Frauenliste auf. Damit fangen wir an.«

»Klingt ein bisschen nach der Nadel im Heuhaufen«, bemerkte Lutz Legat, der den Berichten bisher stumm zugehört hatte.

»Ja, Lutz, willkommen bei der Basisarbeit«, sagte Margret. »Aber das ist dann tatsächlich mal alternativlos. Rieke, du siehst dir die Listen hinterher mal mit dem Blick der Profilerin an und machst vielleicht vorher mit Behrens zusammen eine weitere Liste mit persönlichen Angaben, die wir zu jeder Person abfragen sollten.«

»Gut, wird erledigt«, meldete sich die LKA-Beamtin und machte sich ebenfalls Notizen.

»Ach ja, Behrens«, wendete sich Margret an den Hauptkommissar, »frage doch bitte bei Firmen auch nach ausgeschiedenen Mitarbeitern nach. Der Täter könnte ja auch arbeitslos sein.« Behrens nickte.

»Rieke, wir hatten ja im Ergebnis unseres Gesprächs mit dem Toxikologen vom Botanischen Garten überlegt, ob der Täter eventuell seine Substanz an Menschen ausprobiert haben könnte. Gibt es dazu schon Anhaltspunkte?«

»Ja, habe ich. Da sitzen wir mit mehreren Kollegen dran. Einige Nachfragen in Altersheimen haben Auffälligkeiten bei Todesfällen ergeben. Auch einige Notärzte berichten seltsame Fälle von Patienten, die sie zunächst für tot hielten, dann aber wiedergekommen sind. Das ist alles nicht richtig präzise, aber wenn man mit unserem Wissen um die Anschläge das Material durchguckt, dann gibt es meines Erachtens Indizien dafür, dass diese Substanz am lebenden Versuchsobjekt eingesetzt worden ist«, berichtete Rieke Janssen.

»Das klingt so, als ob die Zahl der Opfer in Wirklichkeit viel höher ist als gedacht. Denn wenn der Täter tatsächlich sein Vorgehen getestet hat, dann dürften gerade ältere Menschen seine Tests nicht überlebt haben«, dachte Margret laut nach.

»Hinzu kommt, dass wir das alles wahrscheinlich nie nachweisen können«, bemerkte Lutz Legat. »Was ist das nur für ein Mensch, der so etwas tut?«

Inzwischen war es später Nachmittag geworden. Die Mitarbeiter der SOKO hatten weitere Aufgaben verteilt und sich dabei auch anderer Abteilungen bedient. Legat hatte den Polizeipräsidenten informiert und bereitete ein kurzes Pressestatement vor, während

Margret sich mit Rieke Janssen über Täterprofile unterhielt. Behrens, der Kaffee geholt hatte, hörte das Telefon auf der Fensterbank des Sitzungszimmers als erster und ging ran. Stumm lauschte er der Nachricht, dann legte er genauso stumm wieder auf.

»Die Opfer des Anschlags von heute Morgen sind nicht wieder aufgewacht. Die Ärzte gehen davon aus, dass das jetzt auch so bleiben wird. Sie gehen davon aus, dass die Dosis diesmal höher, oder wie sie es ausdrückten, letal war. Sie werden die Leichen jetzt sofort in die Rechtsmedizin überführen und obduzieren.«

Die Mitglieder der SOKO schauten sich schweigend an. Auf einmal sahen sie alle noch erschöpfter aus und spürten die Anstrengung der letzten Tage sehr deutlich. Sie wussten, dass das der Tiefpunkt war. Die Zahl der Opfer stieg und die Zeit wurde knapp, weil niemand wusste, ob der Täter es dabei bewenden lassen würde.

Ihr Schweigen wurde durch ein weiteres Klingeln des Telefons jäh unterbrochen. Diesmal ging Margret ran. Er hörte ebenfalls stumm zu.

»Bleiben Sie, wo Sie sind. Ich komme vorbei«, sagte er und legte dann auf.

Margret blickte in die Runde.

»Das war die Psychotherapeutin und Psychiaterin Dr. Rosen hier aus der Altstadt. Sie hat von dem zweiten Anschlag gehört und hat Informationen zu einem Patienten von ihr. Näheres wollte sie mir am Telefon aber nicht mitteilen. Datenschutz. Ich fahre jetzt erst zum Krankenhaus, um mit den Ärzten zu sprechen, und bin dann bei Dr. Rosen. Wir treffen uns in drei Stunden hier wieder. Bis dahin brauchen wir Ergebnisse.«

40 Unangekündigter Besuch

Frau Dr. Renate Rosen hatte sich einen Tee gekocht und ihn mitsamt dem Stövchen auf ihren Schreibtisch gestellt. Draußen war es dunkel geworden und sie hatte gedimmtes Licht angemacht. Sie mochte diese Zeit, wenn keine Patienten mehr da waren und sie in aller Ruhe in ihren Fachbüchern oder Zeitschriften die neuesten Erkenntnisse ihres Fachgebietes studieren konnte. Jetzt blätterte sie allerdings in einer Akte über einen ihrer letzten Klienten. Bei der Arbeit an dem abschließenden Gutachten waren ihr Zweifel gekommen. Sie musste darüber mit Kommissar Margret sprechen und überlegte, wie sie dies bei gleichzeitiger Beachtung ihrer ärztlichen Schweigepflicht schaffen sollte. Mit bloßen Andeutungen würde sich Stefan Margret nicht zufriedengeben, das wusste sie. Sie konnte aber auch nicht während seines Besuches hinausgehen und die Akte einfach wie zufällig offen liegen lassen, damit der Kriminalbeamte einen Blick darauf warf. Das funktionierte in einem einfachen Fernsehkrimi vielleicht, aber mit ordnungsgemäßer und seriöser Therapeutenarbeit hatte das nichts zu tun.

Sie war schon häufiger in diesen Grenzbereich gestoßen. Genau genommen bei jedem Gutachten über Schwerverbrecher, vor allem Sexualstraftäter. Ihre Aufgabe bestand darin, den Menschen, die vor ihr saßen, förmlich in den Kopf zu gucken, während ihr Gegenüber dies gerade nicht wollte. Sicher, sie führte sorgfältig mehrere Tests mit den Patienten durch. Alles streng wissenschaftlich. Aber der gewiefte Täter entzog sich recht häufig der wissenschaftlichen Betrachtung und reagierte im Leben dann doch anders. Das Leben von Gewalttätern hielt sich nicht immer an die Erkenntnisse von universitären Studien. Davon wusste mancher Gefängnisdirektor ein Lied zu singen, wenn wieder einmal ein

Freigänger das mit dem Wörtchen ›frei‹ etwas zu großzügig interpretiert hatte.

Der Fall, der sie jetzt beschäftigte, war von besonderem Kaliber. Ein Mann mit fehlender Impulskontrolle, der zu Gewalttaten neigte und sich nun auf dem Weg der Besserung befand. Ohne Auffälligkeiten, beinahe mustergültig. Gleichzeitig trieb draußen ein Psychopath sein Unwesen und ermordete Angestellte von Behörden in der frühen Morgenstunde. Krankhaftes, abweichendes Verhalten. Auch wenn es bei dem Patienten, den sie jetzt im Auge hatte, keine äußeren Anzeichen dafür gab, hatte sie auf einmal ein seltsames Gefühl in der Magengegend. In der Regel ein Zeichen dafür, dass etwas nicht stimmte. Zudem versah der Patient einen Beruf, der gut zur Vorgehensweise passte. Ein Zufall? Daran glaubte sie nicht. Gut, dass gleich der Kommissar kommen würde.

Sie hörte die Türklingel, ging zum Summer und betätigte den Türöffner. Die Tür unten wurde geschlossen, jemand kam die Stufen hoch. Sie öffnete die Wohnungstür und erkannte ihren Besucher. Es war nicht der Hauptkommissar. Sie wollte die Tür schnell ins Schloss werfen, doch sein Fuß setzte sich zwischen Tür und Rahmen fest, dann drückte er die Tür auf.

»Guten Abend, Frau Doktor. Mich haben Sie sicherlich nicht erwartet. Gibt es Tee? Prima, ich bleibe.«

Der glatzköpfige Mann in Schwarz, der einen Hoodie trug, schob die Therapeutin in ihr Büro und platzierte sie in einem Sessel. Vor Schreck konnte sie nichts sagen.

»Also Frau Doktor, wie sind Sie auf mich gekommen«, fragte er sie in einem freundlichen Plauderton, der es ihr kalt den Rücken runterlaufen ließ.

»Wovon sprechen Sie?«, stammelte Renate Rosen.

»Ach bitte, Frau Doktor, nicht so. Ich weiß doch, dass Sie den Kommissar angerufen haben und mich verpetzen wollen. Trotz

Schweigegelübde oder wie das bei Ihnen heißt.« Der Mann zog eine Spritze aus seiner vorderen Tasche.

»Nun sagen Sie schon was, sonst findet der Herr Kommissar gleich eine tote Therapeutin. Das wollen wir doch nicht, oder?« Dabei grinste der Besucher wie der durchgeknallte Schurke aus einem Superheldencomic.

»Irgendetwas an Ihrem Verhalten erschien mir zu glatt, zu reibungslos. Das konnte bei Ihren Kindheitserlebnissen nicht stimmen. Der Job, die Freundin, plötzlich keine Gewaltfantasien mehr. Sie leiden meines Erachtens an einem frühkindlichen Trauma und jetzt zeigen Sie, dass Sie das nicht überwunden haben.« Frau Dr. Rosen hatte sich etwas gefasst, saß gerade in Ihrem Sessel und sprach mit fester Stimme. *Nur jetzt keine Furcht zeigen*, dachte sie.

»Was wollen Sie von mir?«, fragte sie ihren ehemaligen Patienten. »Besser, Sie gehen oder wollen Sie sich festnehmen lassen?«

»Meine Akte. Wenn Sie so freundlich wären und sie mir einfach geben. Dann bin ich auch schon weg. Oder ich schicke Sie in das Reich von Hades. Ihre Wahl. Wählen Sie jetzt, ich habe nicht vor zu bleiben.«

Die Therapeutin überlegte, ob es klug wäre, die Akte herauszugeben. Andererseits, Sie hatte ja alle Informationen in Ihrem Kopf gespeichert. Was wollte er dann mit der schriftlichen Aufzeichnung? Oder wollte er zuerst die Akte haben und Sie dann töten?

»Sie werden mich so oder so nicht unbehelligt lassen, egal ob ich Ihnen die Akte gebe oder nicht. Da die Polizei ohnehin herausfindet, wer Sie sind, nützt Ihnen das aber nichts«, versuchte sie, ihn hinzuhalten.

»Das lassen Sie mal meine Sorge sein. Was die Akte angeht, bin ich einfach nur neugierig. Wann kann man schon so eine profunde Meinung über seinen geistigen Zustand lesen. Ich freue mich auf die Lektüre«, sagte der Mann und grinste erneut. »Selbstverständlich bringe ich Sie nicht um, Frau Doktor, Sie passen auch gar nicht in mein Beuteschema. Meine Akte! Jetzt!« Seine Gesichtszüge hatten sich verhärtet und sein Blick wurde bohrend.

Dr. Rosen nahm die vor ihr liegende Mappe und übergab sie an ihren Besucher. Der Mann in Schwarz näherte sich ihr bis auf wenige Zentimeter und sagte: »War doch gar nicht so schwer«. Dann drückte er ihr die Spritze in den Hals und fing sie auf.

»Ich Schelm«, sagte er mehr zu sich als zu dem schlaffen Körper der Psychologin, »jetzt lüge ich auch noch. Resozialisierung eindeutig gefährdet.«

41 Praxis

Hauptkommissar Stefan Margret war nicht nur im Krankenhaus länger als erwartet aufgehalten worden, sondern zu allem Überfluss auch noch in einen Stau auf dem Wall geraten. Er schimpfte wie ein Rohrspatz, was den Stau aber auch nicht auflöste. Deshalb fuhr er beim Stadttor rechts in die Altstadt rein, was verboten war, ihn aber nicht weiter interessierte. Er hatte schon genug Zeit verloren. Er parkte sein Auto am Anfang der engen Gasse und lief zum Haus von Dr. Rosen. Er klingelte, doch es öffnete niemand. Er schaute am Haus hoch und erkannte, dass oben in ihrem Büro Licht brannte. Er spürte ein flaues Gefühl in der Magengegend und dachte an seine Verabredung mit Fritz Starke.

Ein Blick auf die Tür und das Schloss zeigte ihm, dass er dieses weder mit einfachen Mitteln noch mit einem Tritt öffnen konnte. Er zückte sein Handy und rief ihre Nummer an. Der Anrufbeantworter. Er sah sich um. Rechts neben dem Haus befand sich eine kleine Einfahrt, darin ein großer Müllcontainer, wie sie bei Restaurants üblich sind. Er fluchte, packte ein Abwasserrohr, das vom Dach an der Wand bis zur Erde ging und gelangte auf den Container. Die Fenster darüber hatten schmiedeeiserne Gitter davor, woran er sich gut festhalten und hochziehen konnte. Von dort kletterte er auf einen Balkon, der zum Wohnzimmer der Therapeutin gehörte. Er klopfte heftig gegen das Fenster. Keine Reaktion. Auf dem Boden erblickte er einen steinernen Blumenkasten. Damit ließ sich die Balkontür krachend öffnen. Er trat die noch herausstehenden Splitter rechts und links ab und stieg hinein. Das Büro der Therapeutin sah aus wie sonst auch. Allerdings stand auf dem Schreibtisch kein Laptop mehr. Das sah er sofort.

Auch war der kleine Teppich vor dem Tisch verrutscht, so als sei darüber jemand ausgerutscht. *Oder jemand ist hier entlang ge-*

schleift worden, schoss es ihm durch den Kopf. Er durchsuchte die anderen Räume. Nichts. An der Wohnungstür steckte der Schlüssel von innen. Entweder befand sie sich noch hier oder sie war draußen und jemand hatte die Tür zugezogen. Er durchsuchte die Wohnung erneut, fand Frau Dr. Rosen jedoch nicht.

Hauptkommissar Stefan Margret dämmerte es allmählich. Der Täter war hier gewesen und hatte nicht nur seine Unterlagen mitgenommen, sondern auch die Therapeutin.

Noch in der Wohnung der Therapeutin setzte Margret eine Fahndung nach dem unbekannten Täter und Frau Dr. Renate Rosen in Gang. Gleichzeitig rief er Oberstaatsanwalt Legat an, der den Polizeipräsidenten informierte. Der gesamte Polizeiapparat lief nach kurzer Zeit auf Hochtouren.

Margret führte jetzt mehrere Telefonate.

Vom Leiter der Rechtsmedizin erhielt er die Antwort, dass die Obduktion der fünf Opfer vom Morgen begonnen hatte. Erste Ergebnisse voraussichtlich erst gegen Mitternacht oder am frühen Morgen. Man versprach durchzuarbeiten.

Das zweite Telefonat galt dem Oberstaatsanwalt.

»Lutz, tu mir einen Gefallen und besorge mir mehrere richterliche Beschlüsse für Anfragen bei gesetzlichen Krankenkassen. Namen und Details gebe ich dir gleich online. Bereite einfach den Richter darauf vor, dass da was kommt.«

Lutz Legat wusste zwar noch nicht genau, worum es ging, der Klang in der Stimme seines Studienfreundes zeigte ihm aber, dass Margret etwas ausbrütete und Eile geboten war.

Als Drittes bekam Margret Hauptkommissar Peter Behrens an die Strippe. Der war immer noch mit der vereinbarten Recherche beschäftigt.

»Behrens, krieg mal raus, wie die Geschäftsführer der wichtigsten Krankenkassen hier in der Gegend heißen. Wenn alles gut läuft, dann brauchen wir die heute noch. Wir treffen uns dann nachher im Sitzungszimmer.«

Dann legte Margret auf und Behrens starrte verwundert auf sein Handy. Genau wie Legat kannte er diese plötzliche Anwandlung von Margret. Meistens hieß das, dass der Leiter der SOKO eine konzertierte Aktion plante. Durch die letzte dieser Art waren sie bei einem anderen Fall nach langer Zeit des Tappens im Dunkeln plötzlich auf eine heiße Spur gestoßen.

Margret tätigte einen letzten Anruf.

»Rieke, kannst du herauskriegen, welche psychiatrischen Gutachten im Moment von den Gerichten in Auftrag gegeben worden sind? Ich weiß, das fällt unter Datenschutz. Aber es ist wichtig. Kannst du deine Kontakte beim LKA dazu nutzen? Wir treffen uns nachher im Sitzungszimmer«, sagte Margret und legte auch diesmal abrupt auf.

Rieke Janssen runzelte die Stirn, beschloss dann aber, einfach an die Arbeit zu gehen.

42 Italiener

Hauptkommissar Stefan Margret machte das, was er immer machte, wenn ein Fall Fahrt aufnahm, alle beschäftigt waren und er einen klaren Kopf brauchte: Er ging Essen. Entschleunigung beim Italiener, Saltimbocca alla Romana, dazu der Hauswein. Währenddessen arbeitete sein Verstand auf Hochtouren. Der Besitzer des Restaurants erkannte Margrets Gemütszustand schon beim Betreten und platzierte ihn hinten rechts in eine Ecke an einen kleinen Tisch. Kurz fragte er »Wie immer?« und entfernte sich, als Margret nickte, geräuschlos in die Küche. Zehn Minuten später kam das Essen.

Margret legte sorgfältig das Salbeiblatt mit dem Messer an den linken Tellerrand und ließ alle Fakten, die er über den Fall kannte vor seinem inneren Auge Revue passieren. In Gedanken schrieb er einzelne Worte auf imaginierte Karteikarten und sortierte sie auf einer ebenfalls ausgedachten großen Korkwand. Er schob die Karten mit seinen Fingern so an, dass ein unbeteiligter Beobachter denken musste, der Kommissar vertreibe gerade Fliegen. Wenn ihm bestimmte Begriffe besonders wichtig schienen, dann nickte er ihnen zu. Auch dies sah von außen etwas seltsam aus. Hauptkommissar Stefan Margret half es allerdings beim Denken.

»Was ist dein Motiv?«, fragte er den vorgestellten Täter. Warum Behörden? Warum erst Scheintote und jetzt dieser Übergang zu echten Toten? Woher wusstest du von dem Security-Mann und weshalb warst du bei der Therapeutin? Woher beziehst du deine Informationen? Hast du das Gift gekauft oder selbst hergestellt? Hast du ein eigenes Labor und wo ist das? Wie ist es dir gelungen, die Dosis so exakt einzustellen, dass Menschen nicht sterben? Und warum scheint dir das jetzt egal zu sein? Oder bestand daraus immer schon dein Plan? Was kommt als Nächstes? Weitere Anschläge, weitere Morde? Lebt Dr. Renate Rosen noch?

Der Kommissar ließ weitere Gedanken in seinem Kopf entstehen und pinnte sie alle an die riesige Korkwand. Er zoomte das Bild von sich weg, sodass er alle Karten auf einmal sah. Dann fragte er: *Worum geht es?* Und ließ das Bild immer heller werden, bis alle mentalen Karteikarten sich in eine weiße Fläche verwandelten. Dann öffnete er die Augen, zog zwei Geldscheine aus seinem Portemonnaie und legte sie neben den Teller. »Dreißig Euro für einmal essen und denken, ein guter Preis«, murmelte er und ging.

43 Zahlenpuzzle

»Gibt es eine Spur von Dr. Rosen?« Margret hatte gerade den Sitzungssaal betreten und schaute auf die anwesenden Peter Behrens und Rieke Janssen. Beide schüttelten stumm ihre Köpfe. Sie wussten um das besondere Verhältnis ihres SOKO-Leiters zur verschwundenen Therapeutin.

»Gut, oder besser, nicht gut«, erwiderte Margret auf die nonverbalen Beiträge. Er setzte sich an das Kopfteil des Tisches und öffnete seine Handakte.

»Ich denke, wir müssen die Fäden zusammenführen, und das tun wir am besten, indem wir unsere Ergebnisse zusammentragen und schauen, ob wir einen roten Faden finden.« Auch die anderen beiden Beamten schlugen jetzt ihre Mappen auf.

»Wir fangen an mit den Personen mit passenden Chemiekenntnissen. Ich weiß, das ist eine sehr diffuse Gruppe und ich bin mir nicht sicher, ob wir hier überhaupt zu sinnvollen Ergebnissen kommen. Aber mit irgendetwas müssen wir anfangen. Behrens, du bist dran«, begann Margret die Auswertung der Recherchen und goss sich einen Kaffee aus einer der Thermoskannen ein. Es drohte, ein langer Tag zu werden.

»Wir haben telefoniert wie die Weltmeister und konnten etliche Chemiker mit wasserdichtem Alibi ausschließen oder diejenigen, die aufgrund ihres Alters solche Anschläge nicht mehr ausüben können. Auch das nur geschätzt. Aufgenommen habe ich zudem ehemalige Mitarbeiter einschlägiger Firmen. Nicht berücksichtigt habe ich, dass man heutzutage ja prima alle möglichen Informationen über Anschläge im Internet finden kann. Hoffen wir also, dass der Täter noch Old School ist.« Behrens grinste in die Runde, beendete diese Mimik aber wieder, als niemand zurückgrinste. Er warf eine Liste von Namen mittels Beamers an die Wand.

»Insgesamt habe ich die Zahl auf 45 Personen, alle männlich, eingegrenzt«, fasste Behrens seine Nachforschungen zusammen.

»Sehr schön, das ist überschaubarer als vorher.« Margret merkte, dass ihm nicht nur der Kaffee guttat, sondern endlich auch einmal eine halbwegs sinnvolle Spur. Er wusste von anderen Fällen, dass 45 Personen als möglicher Täterkreis eine lächerlich kleine Zahl war. Er nickte.

»Rieke, könnte der Täter auch eine Frau sein?«, richtete Margret seinen Blick nun auf die LKA-Beamtin.

»Grundsätzlich morden ja Frauen gerne mit Gift, aber die Begehungsweise und die Tatsache, dass man auf physische Gegenwehr rechnen muss, deuten eher auf einen Mann. Der Tod des Sicherheitsmannes spricht auch eher für diese These. Aber natürlich können auch gut trainierte Frauen grundsätzlich eine solche Tat begehen. Der Anteil der männlichen Psychopathen liegt allerdings signifikant höher als der von Frauen«, schätzte sie die Geschlechterfrage ein. Sie schaute zu Behrens, der aber keinerlei Widerspruch erkennen ließ.

»Okay, wir gehen also einstweilen von einem männlichen Täter aus«, beschloss Margret. »Was ist mit möglichen Personen, die als Versuchsopfer dienten beziehungsweise mit deren Umfeld? Haben wir dazu was?«

»Ja, eine etwas längere Liste und weniger genau«, bemerkte Rieke Janssen und warf eine Excel-Tabelle mit dem Beamer an die Wand. »Ich bin von möglichen Opfern ausgegangen und habe alle männlichen Personen aufgeschrieben, die kurz davor mit der Person Kontakt hatten. Zur Sicherheit habe ich auch die Ärzte mit aufgeführt. Das ist alles sehr ungenau, aber unterm Strich komme ich auf 211 Personen, alle männlich. Wir haben, soweit das ging, diejenigen mit festem Alibi herausgenommen, haben aber in der Kürze der Zeit auch viele nicht erreicht. Genau wie der Kollege

Behrens kann ich also eine Zahl von Personen präsentieren, aber das Ganze basiert eher auf Vermutungen. Die mutmaßlichen Todesfälle, an denen der Täter quasi geübt hat, sind leider wegen der schlechten Nachweisbarkeit des Giftes nicht sicher. Hier müssen wir bei der Auswertung sehr behutsam vorgehen und uns vor Spekulationen hüten.«

»Danke, Rieke, gute Arbeit«, lobte Margret seine Profilerin. Er stand auf und wanderte im Raum umher. Die beiden anderen schwiegen.

»So, jetzt kommt das Verschwinden von Dr. Rosen ins Spiel«, erläuterte er seine stummen Gedankengänge. »Sie wollte mir etwas über einen Patienten mitteilen. Leider ist nicht nur sie, sondern auch der komplette Kundenstamm verschwunden. Den müssen wir rekonstruieren. Vorschläge?«, fragte Margret seine Mitstreiter.

»Einen Teil davon kriegen wir möglicherweise über die gesetzlichen Krankenkassen heraus«, meldete sich Behrens zu Wort. »Ich gehe dabei von der These aus, dass die Kosten der Therapie von einer Krankenkasse übernommen worden sind. Vermutlich von einer gesetzlichen. Gut wäre es, wenn wir von den Kassen eine Aufstellung aller Fälle von Dr. Rosen bekommen könnten«, schloss er seine Überlegungen.

»Gute Idee, Behrens.« Margret schrieb etwas in seine Mappe. »Darum soll sich Lutz kümmern. Wegen des Datenschutzes stellen wir an die Kassen entsprechende Amtshilfeersuchen und fügen sofort einen richterlichen Beschluss bei. Wo ist Lutz eigentlich?«, fragte Margret in die Runde.

»Polizeipräsident. Zum Rapport«, berichtete Rieke Janssen knapp.

»Okay. Dann wissen wir das jetzt. Was ist mit der Liste mit den offenen beantragten psychiatrischen Gutachten der Gerichte. Wie sieht es damit aus, Rieke?«

»Noch schlecht. Es gibt dazu keine einheitliche Liste, weil das jedes Gericht gesondert macht. Es gibt aber eine Art Voranmeldung der Gutachterkosten. Dafür sind dann die Finanzleute bei den Gerichten zuständig. Deren Namen suche ich gerade raus und dann rufe ich die an. Die werden begeistert sein«, führte die LKA-Beamtin an und verzog das Gesicht.

»Mir egal, wir erleben auch gerade keine schöne Zeit. Mach da bitte Druck, Rieke. Wir brauchen was Handfestes. Und je eher wir unsere Daten miteinander abgleichen können, umso besser.«

Margret klappte seine Mappe zu und wandte sich zum Gehen.

»Wer eine konkrete Info hat, der meldet sich sofort bei mir«, sagte er vom Türrahmen aus. »Wir werden die Namen dann mit den verschiedenen Listen checken. Wir treffen uns auf Zuruf. Lasst eure Handys an. Ich bin im Büro und gucke noch mal in die verschiedenen Berichte. Vielleicht haben wir etwas übersehen«, sagte Margret. »An die Arbeit!«

Hauptkommissar Behrens saß in seinem Büro und ging eine Liste in seinem Rechner durch. Er hatte die Fälle der Zeugin aus der Teeküche, wie er sie nannte, herausgesucht und die Namen herausgeschrieben. Diese verglich er mit Fällen der Opfer des Gewerbeamtes. Auch hier gab es eine Liste.

»Interessant«, murmelte er und schrieb sieben Namen in seinen Notizblock.

44 Nachtsitzung

Es war drei Uhr morgens, als die Mitglieder der SOKO im Sitzungsraum wieder zusammenkamen. Den Gesichtern sah man den mangelnden Schlaf deutlich an und Kaffee war das bevorzugte Getränk geworden. Auch Oberstaatsanwalt Lutz Legat war zugegen. Margret ergriff als erster das Wort.

»Durchhalten, Leute. Wir stehen kurz vor einem Durchbruch«, versuchte er, die anderen aufzumuntern. Allerdings konnte er an ihren Gesichtszügen nicht erkennen, ob sie daran glaubten.

»Okay, beginnen wir mit den schlechten Nachrichten«, fing er an. »Die Obduktion der Opfer des Gewerbeamtes hat nichts ergeben, jedenfalls nichts, was sich irgendeinem bekannten Giftstoff zuordnen lässt. Bei der Identifizierung der Substanz tappen wir also noch völlig im Dunkeln.

Zweitens: Die Fahndung nach Täter und Dr. Rosen war bisher erfolglos. Keinen einzigen Hinweis über den Verbleib der beiden. Das ist nicht erfreulich. Lasst uns deshalb jetzt die Namenslisten durchgehen. Behrens und Rieke, gibt es Gemeinsamkeiten zwischen der Liste mit den Chemikern und denen, die bei den möglichen Todesfällen involviert waren?«

»Ja, wir haben zehn Personen herauskristallisiert, die sowohl über chemische Kenntnisse verfügen, als auch im weitesten Sinne mit den Toten in Kontakt standen«, stellte Behrens das Ergebnis vor. »Bei den meisten handelt es sich um Ärzte, dazu kommen drei Lehrer und zwei Pflegepersonen.«

»Diese zehn Personen haben wir durch unsere erkennungsdienstlichen Datenbanken laufen lassen und drei Treffer erzielt«, erläuterte Rieke Janssen den nächsten Schritt.

»Das ist übersichtlich.« Oberstaatsanwalt Lutz Legat, der bisher geschwiegen hatte, war plötzlich wieder wach.

»Prima.« Auch Margret spürte, wie seine Lebensgeister zurückkehrten.

»Und dann haben wir die Krankenkassen nach den zehn Personen befragt. Die waren zunächst nicht begeistert, dass wir die nachts aus dem Bett klingeln. Rieke erzählte ihnen dann, dass sie mithelfen, eine der schwierigsten Fälle der letzten Jahre zu lösen. Ab da ging es schneller.«

»Ergebnis?«, drängte Margret Hauptkommissar Behrens.

»Von den zehn Personen waren sechs bei den Krankenkassen gemeldet. Allerdings war keiner unter ihnen, bei dem die Krankenkassen in letzter Zeit eine Psychotherapie gezahlt haben.«

»Und die anderen vier?«

»Wir vermuten, dass sie entweder bei einer Privatversicherung sind oder ihre Therapie selbst bezahlt haben. Das wäre unüblich, geht aber auch«, sagte Behrens.

»Gut, an die privaten Krankenversicherer kommen wir so schnell nicht ran. Davon gibt es zu viele.« Margret überlegte. »Wenn ich der Täter wäre, ich würde die Therapie selbst bezahlen. Kostet zwar was, aber ich würde nicht mit Namen und Akte bei einer Versicherung registriert sein. Nicht, wenn ich ein größeres Ding plane.«

»Ach, übrigens«, meldete sich Behrens noch einmal zu Wort. »Ich habe einen Check der Fälle vom Finanzamt und vom Gewerbeamt gemacht. Sieben Personen sind identisch. Ich hänge die Namensliste hier mal auf.«

»Prima, Behrens, das nenne ich mal Ergebnisse,« bemerkte Oberstaatsanwalt Legat.

»Ich habe noch die Fälle der bei den Gerichten im Oberlandesgerichtsbezirk veranlassten psychiatrischen Gutachten herausgefunden«, meldete sich Rieke Janssen zu Wort. »Das sind fünfundzwanzig Personen. Allerdings habe ich keine Informationen zum angrenzenden Gerichtsbezirk in Nordrhein-Westfalen. Da endet die Zuständigkeit des LKA. Ich komme hoffentlich morgen an die Daten.«

»Danke, Rieke. Wir arbeiten erst einmal mit dem, was wir haben. Wenn wir die Personengruppen vergleichen, gibt es eine Gemeinsamkeit, eine Schnittmenge?«, wollte Margret wissen.

»Ja«, sagte die LKA-Beamtin und schaltete den Beamer an. »Behrens und ich haben alle Namen verglichen, auch die vom Aktencheck. Wir haben eine Person. Den hier.«

Auf der Leinwand erschien das Foto eines etwa 40-jährigen Mannes.

»Dieser Mann befindet sich unter den versicherten Personen, aber es ist keine Psychotherapie vermerkt. Allerdings gibt es eine Bewährungsauflage des Landgerichtes. Es geht um schwere Körperverletzung und Anti-Aggressionstraining. Von Psychotherapie steht hier nichts. Das Gericht will – vereinfacht gesprochen – ausschließen, dass dieser Mann weiterhin eine Gefahr für Öffentlichkeit ist. Das Stichwort lautet ›Mangelnde Impulskontrolle‹.«

»Dieser Mann hat hohe Steuerschulden, liegt mit dem Finanzamt seit einiger Zeit im Clinch und beim Gewerbeamt läuft auch ein Widerspruchsverfahren wegen einer Gewerbeuntersagung«, schaltete sich Behrens ein.

»Klingt einschlägig. Und so jemand Gewalttätiges ist auf freiem Fuß?«, wunderte sich Lutz Legat.

»Wie ich sagte, auf Bewährung«, erläuterte die LKA-Beamtin. »Er hat einen Job und eine feste Freundin.«

»Was für einen Job?«, fragte Margret nach.

»Chemiker in einer Fabrik für Fotopapier.«

»Das passt!«, entfuhr es Lutz Legat. »Wie heißt der?«

»Kuhlbrodt. Anders Kuhlbrodt.«

Margret durchfuhr es wie einen Donnerschlag. »Anders«, sagte er, »wie der von den Reichsbürgern. Nur mit Vornamen.« Er schaute in die Runde. »Jetzt passt dann auch der Zettel mit diesem Namen, den ich bei Fritz Starke gefunden habe.«

»Und wir dachten immer nur an den Nachnamen, weil wir ja den Reichsbürger hatten«, fügte Behrens hinzu.

»Anders. Wie der Psychopath damals in Norwegen«, sagte Rieke Janssen mehr zu sich selbst.

»Okay Leute, dann haben wir endlich, was wir wollten.« Margret stand auf und zeigte auf das Foto. »Wir haben einen Namen und eine Adresse. Und jetzt holen wir uns den Kerl. Ich verständige das SEK. Behrens, du kommst mit.«

45 SEK again

»Gleich sechs Uhr.« Hauptkommissar Stefan Margret schaute zu seinem Kollegen Behrens.

»Wir können auch früh«, grinste Behrens.

Sie befanden sich im Auto, das gegenüber der Wohnung von Anders Kuhlbrodt stand und beobachteten, ob sich in der Wohnung im ersten Stock etwas regte. Es regte sich nichts.

»Ich wette, der schläft noch«, bemerkte Behrens und übergab den Feldstecher an Margret.

»Kann sein«, murmelte Margret. »Nach unseren Informationen ist der da.«

»Hat Rieke beim Arbeitgeber angerufen, Stefan?«

»Ja, hat sie. Anders Kuhlbrodt hat sich seit zwei Tagen krank gemeldet.«

»Und seine Freundin? Wissen wir was über die? Nicht, dass die da noch übernachtet.«

»Sein Chef wusste nur, dass es eine geben soll. Gesehen hat der die aber auch noch nicht.«

»Wir fangen jetzt mit der Wohnung an, bei Misserfolg dann Rasterfahndung. Wir sind dran und wir kriegen ihn. Basta.« Margret gab das Fernglas an Behrens zurück.

»Wie weit ist das SEK?«

»Steht in der Seitengasse und bespricht noch einmal den Ablauf. Eigentlich ist alles klar. Haustür aufmachen. Hochgehen. Rammbock. Granate. Kuhlbrodt aus dem Bett holen. Routine für die Jungs.«

»Schön wär's.« Margret betätigte das Funkgerät. Es rauschte. Am anderen Ende meldete sich der Leiter Klaus Baumann.

»Auf ein Neues, Margret. Kommst du mit?«

»Ja, ich hole meine Weste, den Schutzhelm und die Gasmaske.«

»Sieben Minuten noch. Dann gehen wir rein.«

Hauptkommissar Peter Behrens blieb im Auto, als die Truppe des SEK in voller Montur über die Straße schlich, Stefan Margret im Schlepptau. Das Haus, in dem Anders Kuhlbrodt wohnte, befand sich unmittelbar in einer Nebenstraße der Innenstadt, ganz in der Nähe des Finanzamtes. Ein alleinstehendes Haus, Baujahr Anfang des letzten Jahrhunderts. Die Nebenstraße war um diese Zeit nicht befahren und etwaige Autofahrer oder Passanten wären ohnehin von der bereitstehenden Polizei am Passieren gehindert worden. Ohne dass man es sehen konnte, hatte die Polizei den Einsatzort weiträumig abgesperrt. Es regnete leicht, für Nordstadt eine normale Wetterlage.

Behrens sah, wie sich der vorderste Mann am Haustürschloss zu schaffen machte. Drei Minuten, dann war es auf. Behrens kurbelte sein Seitenfenster herunter, um auch akustisch alles mitzubekommen. Im Laufe seiner Dienstjahre bei der Kripo hatte er schon zahlreichen Einsätzen des SEK beigewohnt. Es faszinierte ihn immer wieder. Vor zehn Jahren hatte er sich einer Aufnahmeprüfung unterzogen, war aber, wie viele andere mit ihm, an den körperlichen Anforderungen gescheitert. Er war nicht schlecht in Form damals. Aber eben nicht gut genug. Mittlerweile fand er seinen Logenplatz bei Einsätzen dieser Art durchaus reizvoll. Die Zulage für die SEK-Männer war angesichts der Gefahren und der Einsatzzeiten ohnehin nicht gerade üppig.

Die Einsatztruppe hatte inzwischen das Haus betreten und sicherlich den ersten Stock erreicht. Jetzt würden sie sich links und rechts der Tür postieren, ein Mann mit dem Rammbock in der Mitte, mutmaßte Behrens. Jetzt würde es ein Zeichen geben und die Tür aufbrechen. Dann würde die Blendgranate in die Wohnung fliegen und detonieren.

Die Detonation, die Behrens dann sah, erfolgte allerdings anders als erwartet. Es gab einen lauten Knall, der noch Straßen weiter zu hören war. Fast gleichzeitig zersprangen die Fenster und Feuer und Rauch platzen heraus. Steine flogen durch die Luft und trafen sein Auto. Behrens war schlagartig bleich im Gesicht geworden. Er konnte sich für Sekunden nicht bewegen. Dann löste sich seine Schockstarre. *Margret!*, dachte er, sprang aus dem Wagen und lief über die Straße auf das Haus zu.

An der Tür begegneten ihm heraustaumelnde SEK-Beamte. Rauch quoll dicht aus dem Flur. An ein Durchkommen war nicht zu denken. Von Stefan Margret keine Spur. Behrens zog sein Handy aus der Hosentasche und wählte 112. Das nächste Krankenhaus lag nur einen Kilometer entfernt, ein Krankenwagen in Bereitschaft.

Der Krankenwagen war schnell vor Ort, die Feuerwehr bog ebenfalls in die Straße ein. Behrens informierte die Einsatzleute über die Detonation. Die Feuerwehrleute gingen zuerst hinein und löschten die Flammen. Gleichzeitig prüften sie, ob die Treppen noch begehbar waren. Sie suchten nach Verletzten. Behrens stand neben dem Einsatzleiter und betrachtete das Geschehen von der Straße aus.

»Die Detonation, war das eine Bombe?«, fragte er Bernhard Dresen, den Leiter der Feuerwehr, obwohl er die Antwort schon erahnte.

»Sieht ganz so aus.«

»Aber es könnte auch eine Gasexplosion gewesen sein, oder?«, fragte Behrens nach.

»Theoretisch ja. Das ist vom Schadensbild auf den ersten Blick nicht immer zu unterscheiden. Das kriegen wir raus. Wahrscheinlicher ist aber eine Bombe in der Wohnung. Die zeitliche Nähe mit dem SEK-Einsatz ist garantiert kein Zufall, jede Wette.«

Behrens wollte nicht wetten und ging stattdessen zu den Krankenwagen.

»Wann geht ihr rein?«

»Sobald uns die Feuerwehr grünes Licht gibt. Wir müssen erst wissen, ob der Weg begehbar ist. Sonst stürzen wir noch ein.« Der Sanitäter schaute auf den Einsatzleiter der Feuerwehr, der sein Funkgerät abhörte. Er winkte dem Sanitäter zu.

»Los jetzt. Beten wir, dass der Rest noch lebt.«

Behrens ging zu dem zweiten Krankenwagen, in dem zwei Männer des SEK behandelt wurden. Sie hatte er aus dem Haus wanken sehen. Die Männer waren unverletzt, litten aber an einem Schock. An eine Befragung war nicht zu denken. Andererseits hätten sie auch nur das bestätigen können, was er gesehen hatte, dachte sich Behrens.

Inzwischen begannen die Sanitäter, einzelne Beamte des SEK auf Tragen aus dem Haus zu schaffen. Sie bekamen jeweils eine Atemmaske und ein Tropf wurde gelegt. Margret trugen die Männer als dritten heraus.

»Wie geht es ihm?«, wollte Behrens vom Sanitäter wissen.

»Es gibt einen Puls und es hat ihn schwer erwischt. Er ist ohnmächtig und nicht ansprechbar. Wir fahren ihn mit allen anderen in das Krankenhaus. Alles Weitere später.«

Sprach's und schloss die Tür des Krankenwagens von innen. Dann fuhr der Wagen mit Blaulicht davon.

46 Krankenbesuch

Lutz Legat und Rieke Janssen saßen im Krankenhaus, als Behrens die Unfallstation betrat.

»Irgendetwas Neues?«, wollte er wissen.

»Nein«, erwiderte Legat, der genauso mitgenommen aussah wie die LKA-Beamtin. »Er ist ohne Bewusstsein. Die Rippen sind gebrochen oder zumindest geprellt. Ob es auch innere Verletzungen gibt, ist zur Stunde unklar.«

»Wenn ich das richtig gesehen habe, ist er als Letzter reingegangen«, berichtete Behrens.

»Das stimmt.« Legat guckte Behrens an. »Allerdings ist er durch die Detonation rückwärts die Treppe heruntergefallen. Wir müssen abwarten. Hoffentlich ist es nicht so schlimm, wie es aussah.«

»Die anderen?«

»Hat es zum Teil schlimmer erwischt. Die Ärzte haben den SEK-Leiter Baumann in ein künstliches Koma versetzt, andere befinden sich im OP. Sie wurden von irgendwelchen Splittern getroffen.«

»Scheiße«, entfuhr es Behrens. »Das darf nicht wahr sein. Der Hund hat uns erwartet. Schon wieder. Wie kommt der Kerl nur an die Informationen? Als ob wir ein Leck haben!«

»Da habe ich auch schon dran gedacht«, schaltete sich Rieke Janssen ein. »Die Innere wird das Thema ebenfalls interessieren.«

»Darum mache ich mir jetzt noch die wenigsten Gedanken. Wichtig ist, dass es Stefan gut geht. Und dann warten da noch der Polizeipräsident und die Presse. In dieser Reihenfolge.« Legat wählte die Nummer des Vorzimmers des Präsidenten und sagte: »Ich bin gleich da«.

Die Feuerwehr beendete am Tatort die letzten Aufräumarbeiten und die Spurensicherung übernahm.

Im Haus gegenüber stand im ersten Stock ein Mann am Fenster und schaute auf das Geschehen. Er hatte genug gesehen. Er zog die Kapuze seines schwarzen Hoodies über seinen kahl geschorenen Schädel und verließ das Haus über den Hintereingang. Dort setzte er sich auf ein Herrenrad und fuhr in ruhigem Tempo Richtung Oststadt. Niemand nahm Notiz von ihm.

47 Rapport

»Legat, Mensch, wie konnte das passieren?«, presste der Polizei-präsident die Worte durch seine fast geschlossenen Lippen. Dies und sein hochroter Kopf deuteten darauf hin, dass er kaum an sich halten konnte. Nur seine gute Erziehung hielt ihn davon ab, die Schreibtischlampe vom Schreibtisch zu fegen.

»Wir hatten den Kerl doch schon so gut wie im Sack und dann das. Mein bestes SEK im Krankenhaus, ein Innenminister, der viertelstündlich anruft und diese Pressemeute. Legat, das vertreten Sie!« Seine Augen funkelten.

Oberstaatsanwalt Lutz Legat fühlte sich ein wenig wie in der Schule, damals, als er wegen eines Fehltritts in der Ecke stehen musste. Auch jetzt hatte er die Schultern vorgeschoben und den Blick wie ein Büßer gesenkt. Wegen seiner Länge sah das etwas seltsam aus. In Wirklichkeit kannte Legat die gelegentlichen Aus-brüche des Polizeipräsidenten und ertrug sie wie das Wetter in Nordstadt, also mit viel Geduld.

»Der Täter muss gewusst haben, dass wir kommen. Oder er hat mit unserem baldigen Erscheinen gerechnet und deshalb eine Bombe an der Tür befestigt. Wie die durchgeführten Anschläge allesamt zeigen, haben wir es bei diesem Fall mit einem hochgra-dig professionell und geschickt vorgehenden Psychopathen zu tun. Ich hoffe, dass alle Männer nur mit dem Schrecken davon-kommen.«

»Ja, das hoffe ich natürlich auch«, sagte der Polizeipräsident has-tig. »Trotzdem, was ist unser nächster Schritt?«

»Obwohl die Ergreifung schiefging, haben wir seinen Namen und sein Gesicht. Die Fahndung läuft weiter auf Hochtouren. Auf den Ausfallstraßen wird jedes Auto angehalten, die Deutsche Bahn weiß Bescheid und durch die Kontrolle irgendeines Flughafens kommt der auch nicht. Deshalb gehe ich stark davon aus, dass er noch in der Stadt ist. Na ja, und dann hat er noch die Psychologin Dr. Rosen in seiner Gewalt. Wir vermuten, dass sie noch lebt. Vielleicht setzt er sie als Druckmittel ein. Ansonsten hätten wir sie gefunden«, referierte der Oberstaatsanwalt den aktuellen Ermittlungsstand.

»Druckmittel? Für was?« Der Polizeipräsident, der sich halbwegs beruhigt hatte und aufrecht auf seinem Bürostuhl saß, runzelte die Stirn und sah Legat an.

»Margret vermutet, dass er sie als Geisel einsetzen könnte. Eventuell im Gegenzug für freies Geleit«, erläuterte Legat.

»Apropos Margret«, sagte der Polizeichef. »Erst die Sache mit dem Sicherheitsmann und jetzt diese kolossale Pleite mit der Festnahme. Ich finde, der Kollege Margret wirkt äußerst überfordert. Ich gedenke, ihn zu suspendieren und jemand anderes mit dem Fall zu beauftragen.«

Legat schluckte. Das hatte ihm gerade noch gefehlt. Sein Kopf arbeitete fieberhaft an einer Lösung.

»Das kann man machen, Herr Polizeipräsident«, begann er seine Verteidigungsrede. »Aber bedenken Sie das Echo in der Presse. Ein Desaster und auch noch der Kommissar gefeuert. Wer gibt die Garantie, dass es der nächste besser kann? Und der muss sich erst einarbeiten.«

Der Präsident rutschte unruhig auf seinem Sessel herum. Man konnte ihn förmlich denken hören.

»Was schlagen Sie vor, Legat?«

»Wir richten den Fokus auf die schreckliche Tat und diesen wahnsinnigen Psychopathen. Aber zuerst einmal danken wir den tapferen Polizisten vom SEK und hoffen, dass alle wieder gesund werden. Und dann geben wir das Fahndungsfoto offiziell an die Presse und bitten die Bevölkerung um Mithilfe. Gleichzeitig richten wir einen Aufruf an den Täter, Frau Dr. Rosen frei zu lassen. Damit richten wir den Blick nach vorne.«

»Na gut, einverstanden Legat. Schreiben Sie mir den Text, dann gehen wir in 30 Minuten in die Stadthalle zur Pressekonferenz.«

»Mache ich.« Legat stand auf und verließ den Raum.

Das ist ja gerade noch einmal gut gegangen, dachte er, zückte sein Handy und rief im Krankenhaus an.

48 Wunden lecken

Die Pressekonferenz entfaltete die vom Präsidenten und Legat be-
absichtigte Wirkung. Bereits kurz nach der Ausstrahlung in den
TV-Nachrichten und der Verbreitung von Namen und Foto des
Täters im Internet, liefen die Telefone heiß. Hauptkommissar Peter Behrens, der dieses Phänomen schon von früheren Fällen
kannte, hatte in Windeseile eine Telefonhotline eingerichtet, an
der zehn Mitarbeiter der Polizei saßen und die eingehenden Hinweise aufzeichneten. Andere im Haus gingen den glaubhafteren
der Anrufe nach. Alle Ergebnisse wurden in eine Datenbank ein-
getragen, die Rieke Janssen aus den USA mitgebracht hatte. Während ihrer Zeit in New York hatte sie viel von dem Vorgehen der
dortigen Polizeikräfte bei Katastrophenfällen mitbekommen und
darüber sogar einen Leitfaden geschrieben. Der kam jetzt zur An-
wendung.

Es war Abend, als der Strom an Anrufen allmählich nachließ,
doch immer noch gingen mehr oder weniger sinnvolle Informationen ein. Ehemalige Schulfreunde des Täters etwa meldeten sich
und bezeugten, dass er schon als Kind unheimlich gewesen sei.
Dagegen gab es keinen Hinweis, der zum jetzigen Aufenthaltsort
des Täters hätte führen können.

Behrens und Janssen saßen abermals im Sitzungszimmer und sahen die Telefonnotizen systematisch durch. Beide schrieben Notizen in ihre Computer.

»Guten Abend, was gibt es Neues?«, erklang eine Stimme hinter
ihnen.

Hauptkommissar Stefan Margret, sichtlich mitgenommen und
mit mehreren Pflastern versehen, stand in der Tür und begab sich
leicht humpelnd zu seinem Platz.

»Musst du nicht das Bett hüten, alter Mann?«, flachste Behrens und begrüßte den Leiter der SOKO. Der winkte ab.

»Leichte Gehirnerschütterung, das Bein hat was abgekriegt, Prellung. Indianer kennt keinen Schmerz«, grinste Margret, was er aber sofort wieder bereute, da er sich schmerzverzerrt an die Brust fasste.

»Geht es?«, fragte Rieke Janssen besorgt und gab ihm einen Pott Kaffee. »Willkommen zurück«, fügte sie hinzu.«

»Danke.«

Margret schaute sich die aufgehängten Notizen an, nickte und trank einen Schluck.

»Das war verdammt knapp. Wir sind da reingelaufen wie die Idioten und ich hinterher«, fluchte er leise. »Gott sei Dank leben alle noch und so wie es aussieht, wird wohl niemand bleibende Schäden davontragen.«

»Weißt du schon was über die Bombe?«, fragte Behrens den Leiter der SOKO.

»Noch nicht. Die Untersuchungen laufen. Möglicherweise enthielt die Bombe nicht die übliche Sprengkraft, wenn man hier überhaupt von *üblich* sprechen kann. Außerdem gibt es die Vermutung, dass der Sprengkörper nicht an der Wohnungstür, sondern im Inneren der Wohnung platziert war.«

»Du meinst, der hat Euch verschont?«, fragte Rieke.

»Sieht so aus. Aber genau weiß das keiner. Wir müssten ihn erst einmal finden. Was machen die Hinweise aus der Bevölkerung?«

»Die laufen stetig ein, aber bisher kein wirklicher Treffer. Anders Kuhlbrodt bleibt wie vom Erdboden verschwunden. Das gilt auch für Dr. Rosen.«

»Haben wir Hinweise zu Verwandten, Freunden oder seiner Freundin?«, wollte Margret wissen.

»Nur aus ganz frühen Zeiten. Keine Verwandtschaft. Eltern unbekannt, lebte lange in Heimen, das Übliche«, las Behrens seine Notizen vor.

»Kein gutes Zeugnis für Heime«, bemerkte Margret. »Und die Freundin?«

»Hat keiner gesehen. Auch die Kollegen nicht. Galt als Einzelgänger. Die Kollegen beschreiben ihn als eigenbrötlerisch und unsympathisch. Er soll auch schon Kollegen offen bedroht haben, wenn ihm etwas nicht passte. Aus der Ecke gibt es leider auch keine brauchbaren Infos«, sagte Rieke Janssen.

»Wenn das so weitergeht, dann müssen wir darauf warten, dass er entweder einen Fehler macht oder wieder irgendjemanden angreift. Wobei ich an Fehler nicht glaube. Das wird ungemütlich.« Margret stand auf.

»Ich glaube, ich lege mich wieder ins Bett. Hier bin ich in meinem Zustand keine große Hilfe für euch. Sagt bitte Legat Bescheid. Mein Handy liegt neben meinem Kopfkissen, falls was sein sollte.«

Behrens half Margret, seine Jacke anzuziehen. Das Telefon klingelte. Rieke Janssen ging ran. Sie meldete sich und winkte dann Margret aufgeregt heran. Sie sprach mit verschwörerischem Tonfall.

»Für dich, Stefan, Anders Kuhlbrodt.« Sie übergab ihm den Hörer und eilte zum anderen Telefon. Margret wartete bis sie nickte und den Mitschnitt betätigte. Dann meldete er sich.

»Herr Kuhlbrodt, ich höre.«

»Herr Kommissar. Das hat ja heute nicht so richtig geklappt mit der Festnahme.« Kuhlbrodts Stimme klang kalt und Margret nahm eine Portion Sarkasmus wahr.

»Wir kriegen Sie!«, entgegnete er trocken. »Bis jetzt haben wir noch jeden Mörder und Kidnapper dingfest gemacht.«

»Ja klar.«

»Was wollen Sie? Wo ist Frau Dr. Rosen? Lebt Sie noch?«

»Ich habe mir erlaubt, Ihre Psychologin mitzunehmen. Sie können Sie allerdings wiederhaben. Ich habe da nur einen klitzekleinen Wunsch.«

»Reden Sie, Mann, die Zeit der Spielchen ist vorbei.« Margret ballte die Faust und merkte, wie ihm die Zornesröte ins Gesicht schoss. *Ruhig bleiben*, befahl er sich selbst.

»Oh, der Herr Kommissar ist nervös.«

»Kuhlbrodt, sagen Sie, was Sie wollen oder gehen Sie aus der Leitung. Ich muss heute noch einen Psychopathen einbuchten.«

»Na gut, Herr Kommissar, dann hören Sie mal gut zu. Das hier ist der Deal: Sie bringen mir Morgen um 10 Uhr einen Koffer mit zwei Millionen Euro, kleine Scheine, nicht fortlaufend nummeriert, keine Wanzen, Sie kennen das ja. Und als Gegenzug und Zeichen meines guten Willens überlasse ich Ihnen die Frau Doktor. Putzmunter. Und dann gehe ich in die weite Welt hinaus und wir sehen uns nie wieder.«

»Ich brauche ein Lebenszeichen, Kuhlbrodt.«

»Kriegen Sie nicht, Herr Kommissar. Entweder das Geld kommt pünktlich von Ihnen zu mir oder Sie finden Frau Doktor tot an einem Ort meiner Wahl. Ihre Entscheidung.

»So schnell kann ich das Geld nicht auftreiben. Da brauche ich mehr Zeit.«

»Sie sehen zu viele Krimis, Herr Kommissar. Da stimmt das mit der Zeit auch nie. 10 Uhr. Mein letztes Wort.«

»Wo soll ich sein?«

»Unten an der Tür wurde gerade ein Handy für Sie abgegeben. Darauf rufe ich Sie morgen rechtzeitig an.«

»Noch was?«

»Ja. Sie kommen allein und ohne Waffe. Sonst sagen wir *Auf Wiedersehen* zu Frau Doktor. Ach ja, ich brauche keinen Fluchtwagen. Bis morgen dann.«

Anders Kuhlbrodt hatte aufgelegt.

»Na, der hat ja Nerven«, sagte Behrens. »Da gehst du nicht hin Margret. Der Psychopath ist unberechenbar. Der bringt erst die Frau Doktor und dann dich um. Und in deinem Zustand dürfte ein Widerstand nicht erfolgreich sein. Lass mich gehen!«

»Behrens, das ist Chefsache«, sagte Margret. »Wir haben keine Wahl. Ruf bitte Legat an, damit der das Geld besorgt. Genauso, wie Kuhlbrodt es verlangt. Ich mache den Austausch selber.«

49 Vorbereitungen

»Stefan, das ist gegen die Vorschriften und wird kein gutes Ende nehmen. Nur das SEK darf Lösegeld übergeben.«

Oberstaatsanwalt Lutz Legat versuchte nun schon seit fünfzehn Minuten, seinen Studienfreund und Mitstreiter davon abzubringen, das Lösegeld persönlich und ohne Begleitung zu überbringen. Es war jetzt ungefähr eine Stunde vor dem angekündigten Anruf und Margret traf die letzten Vorbereitungen für die Lösegeldübergabe.

»Lutz, ich kenne die Vorschriften. Du weißt, dass wir etwas tun müssen. Also werden wir etwas tun. Aber wir bringen nicht das Leben der Geisel in Gefahr«, erwiderte Margret. »Das SEK können wir nicht losschicken, erstens liegen die fast alle noch im Krankenhaus und zweitens spielt Kuhlbrodt da nicht mit.«

»Mir gefällt das trotzdem nicht.«

»Es muss dir auch nicht gefallen. Es reicht, wenn wir Frau Dr. Rosen möglichst unversehrt zurückbekommen.«

»Das ist aber nicht sicher. Wir haben kein Lebenszeichen und auch der Polizeipräsident fände es mehr als suboptimal, wenn wir zwar das Lösegeld los sind, aber die Geisel tot ist. Und einen toten Kommissar kann schon keiner gebrauchen.«

»Wir haben es mit einem Psychopathen zu tun. Wenn der merkt, dass wir ihn reinlegen wollen, dann wird der unberechenbar. Wir haben bis jetzt zwei Anschläge mit Gift, einen Mord durch eine Giftspritze, eine Entführung und ein Bombenanschlag auf das SEK. Ich finde, es reicht jetzt.«

Lutz Legat guckte den Hauptkommissar stumm an. Er presste die Lippen zusammen. Man sah förmlich, wie es in ihm arbeitete. Dann nickte er.

»Okay, deine Verantwortung. Aber wir präparieren dich und schicken eine Einheit zeitversetzt hinterher.«

»Gut, was plant ihr?«

»Behrens, zeig uns mal die neuen Spielzeuge«, rief der Oberstaatsanwalt dem Hauptkommissar zu, der einen großen Koffer auf den Tisch stellte.

Behrens‹ Augen leuchteten. Er war ein großer Technikfreund und durfte Neuerungen als Erster ausprobieren. Auch in diesem Jahr hatte er wieder die Spezialmesse für Sicherheitsbehörden in Frankfurt besucht und einiges neues Equipment mitgebracht.

»Zunächst einmal verwanzen wir dich. Also, wir bringen einen Peilsender an«, begann Behrens das Ausrüsten von Margret. »Zieh mal deinen linken Schuh aus und gib ihn mir.« Folgsam übergab Margret den Schuh, worauf Behrens den Absatz mit einer Zange entfernte und einen kreisrunden, etwa fingernagelgroßen Peilsender in den Schuh einließ, bevor er den Absatz wieder befestigte.

»Der Peilsender schlägt einmal hier am Rechner auf und dann hier in unserem neuesten Spielzeug.« Behrens zeigte Margret eine Minidrohne, auch Quadrokopter genannt.

»Damit können wir dich aus einer Entfernung von 50 Metern aus der Luft gestochen scharf verfolgen. Die Drohne fliegt vollkommen geräuschlos und erlaubt es uns, das Gelände zu überwachen«, erklärte Behrens.

»Und der Nachteil?«, wollte Margret wissen.

»Der beginnt, sobald du ein Gebäude betrittst. Theoretisch können wir dir auch dahin folgen, aber dann sieht der Täter das. Es hilft uns allerdings, neben der Ortung deines Standortes zu beobachten, was rechts und links passiert.«

»Behrens, ihr müsst euch im Hintergrund halten. Wenn der Lunte riecht, dann war es das.«

»Alles klar, Stefan. Mit der Drohne wissen wir, wo du bist und wenn sich das Geschehen draußen abspielt, dann haben wir einen Überblick und können gezielt eingreifen. Wenn es gut läuft, können wir nach der Geldübergabe damit sogar den Täter verfolgen«, sagte Behrens.

»Schöner Plan. Es würde mich trotzdem wundern, wenn das so abläuft. Bisher war der uns immer einen Schritt voraus. Außerdem bestimmt er den Ort der Übergabe. Das heißt, er muss nicht nur sichergehen, dass er ungestört bleibt, sondern er muss von da auch gut fliehen können. Das bleibt spannend«, erwiderte Margret.

»Wir haben in Riekes Datenbank alle möglichen Arten von Lösegeldübergaben, die es je gegeben hat und die polizeibekannt sind erfasst und sind mögliche Varianten Schritt für Schritt durchgegangen.« Behrens blickte auf die große Wand, wo Rieke Janssen inzwischen ihre Datenbank mittels Beamer projiziert hatte.

»Das Problem ist, dass wir nicht genau wissen, wo er dich hinlockt. Grundsätzlich geschieht das entweder zu einsamen Orten wie etwa einen Wald oder ein Feld. Oder er wählt gut besuchte Orte im Indoor-Bereich aus, wie etwa ein Einkaufscenter. Hinzukommt, dass wir immer auch damit rechnen müssen, dass er sich bei der Übergabe anderer Personen bedient oder verkleidet auftritt. Die Möglichkeiten sind immens. Also können wir immer nur das Gebiet überwachen und hoffen, dass wir ihn beim Rauskommen erwischen. Deshalb auch die Drohne«, erläuterte die LKA-Beamtin.

»Eine weitere Unwägbarkeit ist, ob er die Geisel vor deinen Augen freilässt oder dir nur einen Abholort nennt oder keins von beiden. Dem Typen ist auch zuzutrauen, dass die Geisel längst tot ist und er dich nach der Geldübergabe ebenfalls umbringt«, mischte sich jetzt auch Lutz Legat noch einmal ein.

»Das ist sehr ermutigend, danke«, äußerte ein nachdenklicher und gleichzeitig sehr entschlossener Stefan Margret. »Was machen wir gegen das Giftgas? Ich meine, wenn der jetzt auf mich schießt?«

»Gute Frage, Stefan.« Behrens holte eine kleine Schatulle aus dem Koffer. »Der Toxikologe von der Uni und der Rechtsmediziner sind beide der Auffassung, dass die Substanz über die Atemwege in den menschlichen Organismus gelangt. Wir können dir nur keine Gasmaske aufsetzen. Die sieht der sofort und dann darfst du die garantiert wieder absetzen. Ich habe hier etwas anderes.« Behrens entnahm dem Kästchen zwei kleine daumengroße Kügelchen.

»Die sehen aus wie Ohrstöpsel«, bemerkte Margret.

»Sind aber für die Nase«, erläuterte Behrens. »Der neueste heiße Scheiß von der Messe. Das sind Nasenfilter. Klein und hoch wirksam. Kurz bevor du auf Kuhlbrodt triffst, steckst du die in deine Nase. Möglicherweise klingt dadurch deine Stimme leicht verstellt, wie bei einem Schnupfen, aber sie wirken. Da geht kein Gas durch. Sollte er also eine Gaspistole auf dich abfeuern bist du sicher. Vorausgesetzt, du lässt deinen Mund zu. Am besten auch noch nach dem Schuss, weil wir nicht wissen, wie leicht sich der Stoff verflüssigt.«

»Gut, das könnte gegen das Gas helfen«. Margret überlegte.

»Wie kann ich euch um Hilfe rufen? Ich muss damit rechnen, dass er mir das Handy abnimmt und mich eventuell sogar filzt. Da wäre es nicht hilfreich, wenn er einen Pieper oder etwas Ähnliches finden würde.«

»Guter Einwand«, bemerkte Behrens, »deshalb verleihe ich dir jetzt einen Orden.« Er griff erneut in den Koffer und holte eine Anstecknadel heraus, wie man sie bei Klubmitgliedschaften für langjährige Treue bekommt.

»Ich weiß ja, dass du so etwas normalerweise nicht trägst. Das hier ist allerdings ein getarnter Pieper. Hier drückst du drauf«, zeigte Behrens auf die Oberfläche der Anstecknadel, »und wir wissen Bescheid, dass wir eingreifen sollen.«

»Also zum Beispiel, wenn er flieht«, bemerkte Margret.

»Oder wenn es zum Kampf kommt. Dann vorher kurz drücken.«

»Wenn ich dafür noch Zeit habe«, bemerkte Margret trocken.

»Richtig.«

»Was ist mit dem Geld?«, wollte Margret wissen.

»Das hat Lutz.« Lutz Legat hob einen Aluminiumkoffer auf den Tisch und öffnete ihn.

»Zwei Millionen, nicht nummeriert, kleine Scheine, nicht gezinkt und nicht mit dem üblichen Pulver bestäubt«, stellte der Oberstaatsanwalt den Inhalt vor.

»Gut, wir sollten da wirklich kein Risiko eingehen«, äußerte Margret. »Geld kann man ersetzen, Menschenleben nicht.« Er schloss den Koffer und hob ihn an. »In Ordnung.«

»Also noch mal zusammengefasst«, sagte Margret. »Ich bekomme den Anruf und begebe mich zum Übergabeort. Ihr folgt mir auf elektronischem Wege und mit gehörigem Abstand mit einer Eingreiftruppe. Aber so, dass es niemand sieht. Sollte der Sichtkontakt abreißen und ich angegriffen werden, betätige ich den Pieper in der Anstecknadel. Das Gleiche, wenn er flieht.«

Behrens, Legat und Janssen nickten im Gleichklang. Sie wussten um das Risiko und die Unabwägbarkeiten der Lösegeldübergabe.

»Dann brauche ich jetzt noch einen Kaffee«, sagte Margret und goss sich einen Becher aus der Thermoskanne ein.

Drei Minuten später klingelte das von Kuhlbrodt bereitgestellte Handy. Margret ging ran.

»Ja«, meldete er sich. »Alles klar. Verstanden. Keine Tricks. Ich gehe los.« Er steckte das Handy in seine Jackentasche.

Die anderen guckten ihn gespannt an.

»Es geht los«, verkündete Margret. »Ich soll zu Fuß Richtung Hauptbahnhof gehen. Dort erhalte ich weitere Anweisungen. Wünscht mir alles Gute!«

50 Reue

Während Margret sich mit dem Lösegeldkoffer Richtung Bahnhof aufmachte und Behrens die Einsatztruppe, die Marget in sicherer Entfernung begleiten sollte, koordinierte, blieb Rieke Janssen im Gebäude der Kripo, um von dort das Geschehen zu beobachten. Sie stand in ständigem Kontakt mit Beamten im weiteren Umkreis, um ggf. Straßensperren errichten zu lassen oder Krankenwagen zu delegieren.

Die LKA-Beamtin merkte den Ermittlungsstress der letzten Zeit nun deutlich. Einerseits fielen ihr vor Müdigkeit fast die Augen zu. Andererseits hätte sie vor lauter Aufregung gar nicht schlafen können. Obwohl sie noch Berufsanfängerin war, wusste sie durch ihre Ausbildung, dass für jeden Ermittler am Ende des Falles das große schwarze Loch wartete. Sie hoffte auf einen guten Ausgang, wusste aber aus ihrer Zeit in Amerika, dass Psychopathen gerade in kritischen Situationen unberechenbar sein können.

Sie machte sich einen Kaffee und setzte den Becher nun neben die zwei Bildschirme, auf die sie abwechselnd starrte. Auf dem linken sah sie den Peilsender von Margret, einen in Rot aufleuchtenden Punkt, der wie bei einem Computerspiel durch den Stadtplan wanderte. Auf dem rechten erkannte sie den Hof der Kriminalpolizei, wo Einsatzwagen in Bereitschaft standen und der eine oder andere Kollege noch eine rauchte. *Die Ruhe vor dem Sturm*, dachte sie.

Das Telefon klingelte. Das Display zeigte eine unterdrückte Nummer. Das war eigentlich nicht möglich, denn diese Nummer war geheim und sollte für die Polizei frei bleiben. Außerdem gab es die Anweisung des Behördenchefs, dass kein Beamter seine Nummer unterdrücken durfte. Rieke betätigte deshalb instinktiv die Mitschneideeinrichtung und meldete sich.

»Kriminalpolizei. Was kann ich für Sie tun?«

Am anderen Ende der Leitung hörte sie ein undefinierbares Rauschen, allerdings keine Stimme.

»Hallo, wer ist da?«

»Ich spreche mit der SOKO, richtig?«

Die Stimme klang metallen und Rieke konnte weder sagen, ob sie männlich oder weiblich war. Ein sicheres Zeichen dafür, dass der Anrufer einen Stimmenverzerrer einsetzte.

»Hier ist die SOKO. Mein Name ist Rieke Janssen. Mit wem spreche ich, bitte?«

»Hören Sie zu, Frau Janssen. Ich sage Ihnen jetzt etwas sehr Wichtiges und ich sage es nur einmal.«

Rieke schluckte. Trotz der Verzerrung in der Stimme spürte sie sofort, dass der Anrufer es ernst meinte.

»Ich höre zu.«

»Anders Kuhlbrodt ist gefährlich. Sie können nicht davon ausgehen, dass der Kommissar und die Geisel bei der Geldübergabe am Leben bleiben.«

»Woher wissen Sie das? Kennen Sie seine Pläne?«

Rieke versuchte, dem Anrufer etwas zu entlocken, was Aufschluss über dessen Identität geben konnte.

»Das tut nichts zur Sache. Sie müssen ihn vor der Übergabe stoppen und notfalls erschießen.«

»Entschuldigen Sie, wir erschießen nicht einfach so Leute. Es gibt klare Regelungen, wann wir einen finalen Rettungsschuss einsetzen dürfen. Außerdem gefährden wir das Leben der Geisel. Kommissar Margret weiß schon was er tut.«

»Seien Sie nicht so naiv, Kindchen, und tun Sie, was ich sage. Erschießen Sie ihn!«

»Hören Sie mal, wer immer Sie auch sind«, sagte Rieke mit fester Stimme, »was glauben Sie, wie viele Vollidioten hier täglich anrufen und uns den guten Rat geben, Ganoven zu erschießen. Also wenn Sie nicht mehr haben, als den Hinweis, dass der Täter gefährlich ist, dann geben Sie bitte die Leitung wieder frei. Soweit sind wir nämlich auch schon.«

Am anderen Ende entstand eine längere Pause. Ungeduldig trommelte sie mit den Fingern auf der Tischplatte. Sie wollte am liebsten sofort auflegen, aber eine innere Stimme sagte ihr, dass der Anrufer noch etwas mehr wusste, als er oder sie bisher erzählt hatte.

»Also gut«, hörte sie eine verzerrte Stimme sagen. »Kuhlbrodt hat nicht vor, die Geisel freizulassen und er wird Margret mit dem Gift attackieren. Hören Sie, er setzt jetzt nur noch tödliches Gift ein. Das müssen Sie verhindern!«

Die Stimme hatte jetzt etwas Flehentliches.

»Hören Sie, Herr oder Frau Anrufer«, setzte Rieke nach. »Das ist eine gute Vermutung, aber selbst wenn sie stimmt, kann ich das nur verhindern, indem ich die Lösegeldübergabe komplett abblase. Aber das wird nicht geschehen. Hauptkommissar Margret zieht das durch. So oder so. Das endet heute.«

In einer anderen Situation hätte sie über diesen Satz gelacht, so klischeehaft klang er. Aber erstens erwarten Menschen von der Polizei manchmal Klischees. Und zweitens stimmte ihre Aussage. Margret würde die Aktion nicht abbrechen. Sie kannte ihn noch nicht lange, aber das konnte sie einschätzen.

»Na gut, dann hören Sie zu. Ich teile Ihnen jetzt mit, wo sich das Labor befindet. Gut möglich, dass Sie dort ein Gegenmittel finden.«

Rieke war für einen Moment sprachlos. Sie schluckte.

»Ich höre.«

»Hinter der Adenauerbrücke befinden sich leere Lagerhäuser mit Wellblechdächern. Kennen Sie die?«

»Das ist da, wo der Oberbürgermeister heute offiziell einen Platz für Start-ups eingeweiht hat. Obwohl da schon länger Unternehmen sein sollen. Meinen Sie das Gelände?«

»Genau, die einzelnen Räumlichkeiten sind nach Nummern unterteilt. Kuhlbrodts Lager befindet sich in der Nummer 35. Beeilen Sie sich!«

»Habe ich notiert. Sagen Sie noch, woher Sie das wissen? Sind Sie die Person, die über unsere Interna Bescheid weiß? Helfen Sie uns! Dann helfen wir Ihnen, wie tief Sie auch immer in der Sache verwickelt sind.«

Rieke Janssen bekam jedoch keine Antworten mehr. Der Anrufer hatte aufgelegt.

Die LKA-Beamtin beorderte sofort einen anderen Polizisten zur Überwachung der Bildschirme und bat einen der Beamten im Hof, sie zur Adenauerbrücke zu fahren. Unterwegs informierte sie Behrens über das Gespräch.

»Beeil dich Rieke, wenn es dort ein Gegenmittel gibt, dann brauchen wir das ganz schnell«, war sein Kommentar. »Ich bestelle außerdem den Toxikologen ins Lager. Wenn einer das Zeug in dem Labor findet, dann er.«

51 Giftlabor

Der Lagerbereich an der Adenauerbrücke war nicht schwer zu finden und auch die Nr. 35 erreichten sie rasch. Rieke Janssen untersuchte das Schloss und überlegte gerade, wie sie es am besten aufbekommen konnte, als eine Stimme hinter ihr »Halt!« rief. Sie erkannte den Sprengstoffexperten der Kripo, der auf sie zulief und den Arm hob.

»Mädchen, so geht das nicht. Das muss ich erst prüfen«, rief er ganz außer Atem. Sie guckte ihn verwundert an. Erstens wegen des »Mädchens« und zweitens fragte sie sich, wo der so schnell herkam.

»Der Behrens hat mich angerufen«, beantwortete er Riekes unausgesprochene Frage. Ich wohne ja hier gleich um die Ecke. Er sagte, ich soll die Tür überprüfen, damit das Fräulein LKA nicht wie das SEK in die Luft fliegt.«

Sprach's und untersuchte den Türbereich. Vorsichtig öffnete er das Schloss und bewegte die Tür einige Zentimeter. Dann leuchtete er hinein, wobei er einen mitgebrachten Spiegel benutzte.

»Müsste rein sein«, sagte er und ging voran.

Inzwischen war auch der Toxikologe vom Botanischen Garten erschienen. Mit einem Taxi, das wahrscheinlich unter Verstoß gegen alle Vorschriften der Straßenverkehrsordnung hierher gefunden hatte.

»Hallo Herr Professor Wiegand«, begrüßte Rieke den Giftexperten mit einem kräftigen Handschlag. »Ich glaube, wir können Ihre Hilfe jetzt richtig gut gebrauchen.«

»Ja, ich habe schon gehört, worum es geht«, erwiderte der Wissenschaftler. »Sie suchen ein Gegenmittel und das hier ist vermutlich das Labor des Täters.«

Rieke nickte.

»Wenn die Aussage stimmt, die ich vorhin am Telefon erhalten habe«, erläuterte die LKA-Beamtin und gab dem Toxikologen eine Taschenlampe. Nicht alle Bereiche des Labors waren gut ausgeleuchtet.

Im Inneren stießen sie auf einen fast 40 qm großen Raum, in dessen Mitte ein großer Tisch mit diversen Reagenzgläsern und allen weiteren einschlägigen Utensilien stand. Rieke Janssen fühlte sich an ihren Chemieunterricht in der Oberstufe erinnert. Außerdem befanden sich in dem Raum noch eine Küchenzeile und eine Matratze. Hier hatte Anders Kuhlbrodt also campiert, als er seine Wohnung in die Luft gesprengt hatte, dachte sie.

»Haben Sie das Gift?«, wollte Rieke vom Toxikologen wissen, der eifrig und schnell die verschiedenen Fläschchen betrachtete.

»Hier sind mehrere Röhrchen, unterschiedlich beschriftet. Ob das jetzt das Gift ist oder etwas anderes, kann ich mit bloßem Auge so nicht feststellen.«

»Und die hier am Rande? Mit den grünen Klebestreifen? Ist das vielleicht das Gegengift?«

»Kann sein. Ich muss einige kleine Versuche machen. Dann weiß ich mehr«, sagte der Professor.

»Sie wissen, dass wir keine Zeit haben, oder? Margret trifft vielleicht gleich auf den Täter und kann vergiftet werden.« Rieke merkte, wie ihr der Schweiß auf die Stirn trat und gleichzeitig auch den Rücken herunterlief. Ihr wurde flau im Magen.

»Ich weiß«, erwiderte der Toxikologe und hantierte recht geschickt mit den Gläsern. Jetzt hatte er einen Bunsenbrenner angezündet und aus der mitgebrachten Tasche mehrere Gegenstände herausgenommen.

»Ich gebe mein Bestes.«

Und ich hoffe, das reicht, dachte sich Rieke Janssen. *Wir brauchen dringend das Gegenmittel!*

52 Irrfahrt

Der Weg vom Gebäude der Kriminalpolizei zum Bahnhof betrug nur einen Katzensprung. Trotz des Koffers und des Umstandes, dass Hauptkommissar Stefan Margret seine Beschützer nicht verlieren wollte, stand er etwa zehn Minuten später auf dem Bahnhofsvorplatz.

Das Handy in seiner Hosentasche vibrierte.

»Gehen Sie zum Zeitschriftengeschäft im Bahnhof und tauschen Sie das Handy an der Kasse um. Die wissen Bescheid«, teilte ihm Anders Kuhlbrodt mit und legte auf.

Margret ging in den Bahnhof hinein, dann links in die Bahnhofsbuchhandlung und dort zur Kasse.

»Guten Tag«, sprach er eine der beiden Kassiererinnen an, »ich möchte mein Handy tauschen.«

»Aber ja«, sagte die Verkäuferin und überreichte ihm ein anderes Handy, »hier bitte. Ich hoffe, dass dieses Gerät besser funktioniert. Viel Erfolg auf Ihrer Dienstreise.«

Dienstreise ist gut, dachte Margret. Welche Geschichte der Täter ihr wohl aufgetischt hatte?

Er überlegte, wohin er gehen konnte, blieb aber mangels weiterer Anweisung erst einmal stehen. Sofort klingelte auch dieses Handy.

»In den Bus Nummer 32 Richtung Innenstadt. Schnell!«, kam die knappe Instruktion.

Margret lief aus dem Bahnhof hinaus und steuerte schnurstracks auf die Linie 32 zu. Er war schon lange nicht mehr Bus gefahren und wusste deshalb nicht, welches Ziel dieser Bus ansteuerte. Er beschloss, sich keine weiteren Gedanken zu machen. Wahrscheinlich würde der Täter ihn zunächst einmal zu verschiedenen Orten schicken, um zu erfahren, ob man ihm folgte. Dieses Spiel kannte er schon von anderen Lösegeldübergaben. Der Täter würde die Verstärkung wegen des Peilsenders ohnehin nicht abschütteln können.

Wieder klingelte das Telefon. »Am Neuen Markt aussteigen und dann Richtung Landgericht laufen«, lautete die Anweisung. Margret kam ihr nach. Vermutlich wählte der Täter einen eher bevölkerten Ort für die Übergabe, was Margret überraschte. Wegen der Geisel hatte er eher an einen abgeschiedenen Platz gedacht.

Das Telefon summte erneut.

»Gehen Sie in das Sportgeschäft und ziehen Sie die Schuhe an, die dort für Sie hinterlegt sind. Ihre alten lassen Sie dort stehen. Versuchen Sie auf keinen Fall, Ihre Schuhe zu behalten.«

»Aber was soll der Mist?« Margret versuchte zu protestieren. Doch der Täter hatte längst wieder aufgelegt.

Margret fluchte. Der Trick mit dem Peilsender im Schuh erwies sich als doch keine so gute Idee. Jetzt war er ihn los und konnte nur noch hoffen, dass die Kollegen sein Privathandy in der Jackentasche geortet und verfolgt hatten.

Im Sportgeschäft tauschte er die Schuhe und ging wieder vor die Tür. Er wartete auf weitere Instruktionen. Die kamen sofort.

»Auf geht's in das gegenüberliegende Kaufhaus. Erdgeschoss, Schmuckabteilung. Sie werden erwartet.«

Na super, was kommt jetzt?, dachte er.

Das Kaufhaus lag nur 20 Meter entfernt. Als er die gläsernen Schwingtüren durchschritt, empfing ihn der übliche warme Luftstrom. Er ging geradeaus den mittleren Gang weiter und gelangte in die Schmuckabteilung. Ein Mann in einem langen, schwarzen Mantel, offensichtlich der Warenhausdetektiv, wartete auf ihn. Margret kannte den Mann noch von früher, als dieser bei der

Schutzpolizei gearbeitet hatte. Jetzt besserte Hubert Sellmann, so hieß er, im Kaufhaus seine Rente auf.

»Hallo Margret«, begrüßte ihn der Ex-Polizist. »Du wurdest angekündigt.«

»Darauf wette ich, Hubert. Was bringt dir der Job ein?«, wollte Margret wissen.

»Dreihundert«, war die Antwort. »Er sagte, es wäre ganz legal und du würdest das schon erwarten. Na ja, bevor es jemand anders macht und auch noch unprofessionell, mache ich es halt.«

»Bravo Hubert.« Margrets Stimme verriet leichten Sarkasmus. Aber tatsächlich war es ihm lieber, wenn er den Mann kannte. Also durchsuchte der Rentner den Kommissar professionell nach Waffen und Wanzen. Er fand das Privathandy und nahm es ihm ab. Kurz zögerte der Ex-Kollege, als er die Anstecknadel sah, schaute Margret prüfend ins Gesicht und kümmerte sich nicht weiter darum.

»Sorry Margret«, sagte er.

»Du mich auch«, war Margrets Antwort.

»Na dann viel Erfolg«, verabschiedete ihn der Kaufhausdetektiv. Margret ging wortlos durch den anderen Ausgang hinaus. Er ärgerte sich, dass er nun den weiteren Weg gehen musste, ohne dass seine Wegstrecke geortet werden konnte. *Augen auf bei der Berufswahl*, dachte er.

Abermals klingelte das Handy.

»Gegenüber beim Telekomgebäude steht ein Taxi für Sie bereit. Steigen Sie dort ein.«

Margrets Vermutung, dass er nun durch die Gegend gescheucht wurde, schien sich zu bestätigen. Das Taxi fuhr ihn etwa 30 Minuten in einem Höllentempo zu einem kleinen Ort außerhalb Nordstadts. Dort setzte ihn der Taxifahrer am kleinen Bahnhof ab. Er schaute sich um. Weit und breit keine Verstärkung in Sicht.

Entweder tarnten die sich gut oder sie waren abgehängt worden. Das Telefon klingelte.

»Gehen Sie auf den weißen Lieferwagen zu. Setzen Sie sich hinten rein und lassen Sie das Handy auf Empfang. Keine Unterhaltung mit dem Fahrer, verstanden?«, gab Kuhlbrodt als neue Weisung aus.

»Von mir aus«, lautete Margrets Kommentar. Er stieg hinten in den Lieferwagen ein und setzte sich auf einen Sitz. Er konnte nach dem Schließen der Tür nicht nach draußen gucken. *Eine neue Variante*, dachte Margret.

Die Fahrtzeit kam ihm ewig vor, sein Handy zeigte allerdings 50 Minuten an. Dann hielt der Wagen. Die Stimme im Gerät meldete sich wieder.

»Aussteigen.«

Das ließ sich Margret nicht zweimal sagen. Er öffnete die Tür, musste zunächst wegen der plötzlichen Helligkeit des Tageslichtes blinzeln und stellte dann fest, dass er sich am Güterbahnhof von Nordstadt befand. Der Täter hatte ihn fortgelockt und jetzt fast wieder an seinen Ausgangspunkt zurückgeführt. Margret runzelte die Stirn.

Die Stimme aus dem Handy sprach erneut.

»Gehen Sie langsam in Richtung auf die große Halle zu. Backsteinbau. Am Eingang hängt ein Schild mit der Aufschrift ›Übergabestelle‹. Dort bleiben Sie genau fünf Minuten stehen. Damit ich sehen kann, ob Ihnen jemand folgt. Dann betreten Sie die Halle und gehen bis nach hinten durch. Sie werden schon erkennen, wann Sie stoppen müssen.«

Es begann zu regnen.

53 Übergabe

Hauptkommissar Stefan Margret betrat das verlassene Gebäude und hörte, wie seine Schritte leicht hallten. Noch konnte er niemanden sehen. Die Halle sah aus, wie leer stehende Hallen in einem Gelände aussehen, die von Investoren verschmäht werden und die Stadtplanung offensichtlich nicht mehr interessieren. Ein hohes Gebäude mit zerschlagenen Fenstern. Innen leer. Hier und da ein Pfeiler. Der Boden aus Beton, gelegentlich von Rosten unterbrochen, Pfützen. Es regnete an mehreren Stellen durch das Dach. Irgendwo plätscherte es laut.

Er hielt inne und zog aus seiner Jackentaschen die beiden kleinen Nasenfilter, die Behrens ihm übergeben hatte. Er steckte einen Filter in jedes Nasenloch. Dadurch fiel das Atmen schwerer, weshalb er verstärkt durch den Mund atmete. *Hoffentlich helfen diese kleinen Dinger*, dachte er. Dann ging er Schritt für Schritt vorwärts, den Koffer in der rechten Hand. Er wusste, dass die *Aktion Lösegeldübergabe* nun in ihre entscheidende Phase eintrat.

Außer dem Koffer hatte er keinen Gegenstand dabei, der ihm als Waffe dienen konnte. Er glaubte nicht daran, dass die Aktion reibungslos und ohne Überraschung ablaufen würde. Dazu hatte sie der Psychopath, so nannte Margret den Täter jetzt ausschließlich, zu häufig genarrt. Andererseits hatte er auch nicht gedacht, dass der Fall jetzt mit der Übergabe von Geld enden würde. Das passte nicht zum Täterprofil. Doch vielleicht war irgendetwas passiert, dass den Psychopathen seinen Plan ändern ließ. Trotzdem: Niemand konnte garantieren, dass der Täter nach Erhalt des Geldes einfach mit seinem Treiben aufhören würde.

Es wäre logisch, dachte Margret, dass jemand, der Lösegeld bekommt, anschließend verschwindet. Zumal sie seinen Namen und sein Gesicht kannten. Aber vielleicht war Logik nicht die vorherrschende Kategorie in diesem Fall.

Margret hatte nun fast den hinteren Teil der Halle erreicht, als er vor sich einen Mann stehen sah, daneben ein Stuhl, auf dem jemand saß. Beim Näherkommen erkannte er den ganz in Schwarz gekleideten Anders Kuhlbrodt. Neben ihm saß, auf einem ausrangierten Bürostuhl mit Armlehnen, die Psychologin. Gefesselt und geknebelt. Sie guckte ihn an und nickte, als sie ihn bemerkte. Kuhlbrodt hielt den rechten Arm hoch.

»Stopp, Herr Kommissar. Bleiben Sie stehen.«

Margret tat es und stellte den Aluminiumkoffer neben sich auf den Boden.

»Und jetzt erkläre ich Ihnen die Spielregeln«, sagte Kuhlbrodt und grinste breit.

Der ist komplett irre, dachte Margret und ihn fröstelte.

»Also, Herr Kommissar, so wird es ablaufen«, sagte der Täter. Er griff in die Tasche seines schwarzen Hoodies und holte eine Spritze heraus.

»Was soll das, Kuhlbrodt?«, sagte Margret mit scharfer Stimme.

»Wir hatten eine Abmachung. Sie bekommen das Geld und übergeben Dr. Rosen. Also machen Sie keine Mätzchen.« Margret ballte die rechte Faust und spürte, wie in ihm die Wut hochstieg. Der Psychopath hatte anscheinend seine eigenen Pläne und das passte ihm ganz und gar nicht. Ohne Waffe und, wie es jetzt aussah, ohne Verstärkung konnte der Irre sie alle beide umbringen und sich dann in aller Seelenruhe aus dem Staub machen.

»Abmachungen sind was für Beamte, die nichts vom Leben wissen. Die in ihren Zimmern sitzen und über das Schicksal von Menschen entscheiden, ohne sich darum zu scheren, was aus ihnen wird. Die Regeln folgen, bei denen der Mensch keine Rolle spielt. Die frühmorgens in aller Herrgottsfrühe ihre Stuben betreten, damit sie schon kurz nach dem Mittagessen in ihr wirkliches Leben entfliehen können. Menschen ohne Mitgefühl. Menschen, die keiner braucht. Jetzt gibt es keine Abmachungen mehr, Herr Kommissar. Jetzt gibt es nur noch meine Spielregeln. Punkt.«

Es stimmt also, der Täter hat etwas gegen Beamte, dachte Margret. Rache als Tatmotiv verbunden mit einer psychischen Störung. Margret lief es kalt den Rücken herunter. Unwillkürlich fiel ihm der klassische Spruch »Geld oder Leben« ein, der hier wohl bedeutete »Geld und Leben«. *Ich muss jetzt schnell für klare Verhältnisse sorgen*, fuhr es ihm durch den Kopf. *Bevor das noch eskaliert.*

»Hören Sie Kuhlbrodt, lassen Sie Frau Dr. Rosen frei«, versuchte es Margret. »Die hat mit der ganzen Sache doch nichts zu tun.« Beschwörend hob Margret beide Hände wie ein Pfarrer in Schulterhöhe.

»Nichts zu tun? Oh doch, Herr Kommissar.« Anders Kuhlbrodt fuchtelte nun mit der Spitze in der Hand herum wie der Dirigent eines imaginären Orchesters.

»Diese Frau führt Befehle der Gerichte aus. Diese Frau entscheidet über Schicksale. Und heute entscheide ich über ein Schicksal. Vielleicht auch über zwei.« Kuhlbrodts Augen funkelten.

»Lassen Sie die Frau gehen, Kuhlbrodt. Und dann regeln wir das wie unter Männern. Sie gegen mich«, sagte Margret.

»Das ist so langweilig, Herr Kommissar.« Kuhlbrodt hob den linken Finger und streckte seinen Kopf nach vorn. Er wirkte jetzt wie ein exzentrischer Oberlehrer, kurz vorm Abgleiten in den Wahnsinn.

»Nein, nein, Herr Kommissar, jetzt kommt ein bisschen Schauspiel. Ein Drama, um genau zu sein. Ich bin mir allerdings nicht sicher, ob es zu Ihrer Zufriedenheit endet.« Wieder grinste der Täter.

»Also gut. Wie soll es laufen?« Margret hatte nicht das Gefühl, dass der Psychopath sich von seinem Vorhaben abbringen ließ. Er vertraute auf die Filter in seiner Nase. Das würde hoffentlich eine Giftattacke stoppen.

»Danke für Ihre Einsicht, Herr Kommissar. Es wird Ihnen gefallen.« Kuhlbrodt deutet eine kleine Verbeugung an und zog die Spritze auf.

»Frau Doktor bekommt jetzt eine Injektion. Mit der Frau-Doktor-Spezialmischung. Danach macht die Uhr ticktack und wenn Frau Doktor nicht innerhalb von 15 Minuten ein Gegenmittel bekommt, tja, dann war es das mit der Frau Doktor. So sad.«

»Für so einen Mist kriegen Sie keinen einzigen Schein von mir«, entfuhr es Margret.

»Nur nicht so ungeduldig, Herr Kommissar. Der Plan geht ja noch weiter.« Kuhlbrodt grinste erneut.

Dem Mistkerl macht das hier ersichtlich Spaß, dachte Margret. *Also, Margret, lass ihn erzählen.*

»Ich sehe schon, Herr Kommissar, Sie wollen noch mehr wissen. Eine gute Wahl. Also, während Frau Doktor sanft entschlummert, bekomme ich das Geld und Sie bekommen einen schönen Hinweis von mir, wo das Gegenmittel ist. Im Idealfall rennen Sie dann los, finden und verabreichen es der Frau Doktor. Wenn Sie zu spät kommen, war es das dann mit der Dame. Schade, aber kein wirklicher Verlust. Ach ja, bitte haben Sie Verständnis dafür, dass ich währenddessen hier nicht auf das Ergebnis warte. Ich habe heute noch was vor.«

»Das ist ein bescheuerter Plan, Kuhlbrodt. Woher habe ich die Garantie, dass Sie mir tatsächlich Zugang zu einem Gegenmittel verschaffen. Und woher weiß ich, dass das dann auch wirkt?«

»Keine Garantie, Herr Kommissar. So ist das Leben«, entgegnete der Irre.

»Da mache ich nicht mit, Sie Mistkerl«, schnaubte Margret vor Wut. »Unter diesen Bedingungen gibt es von mir kein Lösegeld. Das ist doch irre!«

»Leider falsch, Herr Kommissar. Das ist nicht irre, sondern Realität. Schauen Sie mal!«

Anders Kuhlbrodt nahm die Spritze und stieß sie in den Hals der Therapeutin. Diese sank sofort in sich zusammen. Nur die Fesseln am Stuhl verhinderten, dass sie auf den Boden fiel.

Der Psychopath zuckte theatralisch mit den Schultern. »C'est la vie, Monsieur le Commissaire.« Kuhlbrodt schlug in die Hände. Das Echo erfüllte die Halle.

»Ticktack, Herr Kommissar. Die Zeit läuft. Ich nehme jetzt gern das Geld entgegen.«

Hauptkommissar Stefan Margret wusste, dass er keine andere Chance hatte, als auf dieses irre Spiel einzugehen. Er hätte vielleicht den Täter überwältigen können. Aber er war sich ziemlich sicher, dass dieser ihm dann niemals das Versteck für das Gegenmittel genannt hätte. Eher ließ Margret sich gefangen nehmen. Er hob den Koffer hoch und ging auf Kuhlbrodt zu. Doch als er ihn dem Schurken übergeben wollte, zog Anders Kuhlbrodt eine schwarze Waffe und feuerte sie auf ihn ab. Stefan Margret hörte nur ein kurzes Ploppen, dann spürte er, wie ihm schummrig wurde. Nur mit Mühe konnte er sich auf den Beinen halten.

»Oh, was haben wir da?«, rief Kuhlbrodt aus. »Der Kommissar widersteht der tödlichen Kommissar-Mischung. Allerliebst!«

»Ich wusste es, dass Sie ein mieser Feigling sind. Sie hatten gar nicht vor, mir ein Gegengift zu geben.« Margrets Beine begannen, nachzugeben. Er drückte auf die Anstecknadel. *Hoffentlich funktioniert das Signal*, dachte er. Er musste den anderen jetzt mit einem Hieb außer Gefecht setzen. Mit all seiner ihm verbliebenen Kraft schleuderte er den Koffer in Richtung seines Gegners. Der wich geschickt aus und rammte ihm eine Faust in die Magengegend.

»Aber, aber, Herr Kommissar. Nicht so stürmisch«, hörte er Kuhlbrodt sagen. Margret sank auf den Boden und merkte, wie ihm der Psychopath zunächst mehrfach in die Rippen trat, dann seinen Haarschopf ergriff und den Kopf auf den Betonboden knallte. Ein höllischer Schmerz durchzuckte seinen Körper.

»Das war für den Versuch, mich zu schlagen. Langweilig. Gut, dass ich noch ein Geschenk für Sie habe, Herr Kommissar.« Margret lief das Blut über die Augen. Nur noch verschwommen sah er, wie der Täter eine weitere Spritze aus seiner Brusttasche des Kapuzenpullis herausnahm und aufzog.

»Wissen Sie was, Herr Kommissar? Ich habe gerade beschlossen, unsere Beziehung ein für alle Mal zu beenden. Ich werde an Sie denken, wenn ich bald am Meer sitze und einen kühlen Cocktail zu mir nehme. Arrivederci.«

Margret registrierte, wie der Täter sich langsam zu ihm herunterbeugte, die Spritze in der Hand. Er spürte einen Stich in seinem Hals. Dann hörte er einen Schuss, sah das erstaunte Gesicht von Kuhlbrodt und fiel in ein schwarzes Loch.

54 Resultate

Hauptkommissar Stefan Margret bemerkte als erstes einen stechenden Schmerz in seinem Kopf. Er atmete tief ein, öffnete die Augen und sah ein Fenster, gegen das der Regen schlug. Er lag schon wieder im Krankenhaus. Links von ihm saß Oberstaatsanwalt Lutz Legat auf einem Sessel. Legat schlief.

Margret hob seinen Kopf und bemerkte einen Brummschädel wie nach einer durchgezechten Nacht. Seine Gliedmaßen fühlten sich an, als ob sie nicht zu ihm gehörten. Er öffnete den Mund.

»Lutz. Wach auf. Was ist los?«, hörte er sich sagen. Es war mehr ein Lallen.

Lutz Legat öffnete die Augen und grinste.

»Auferstanden von den Toten«, begrüßte er seinen Studienfreund. Er war sichtlich froh, dass der Kommissar aufgewacht war.

»Was ist passiert?«, wollte Margret wissen.

»Wir haben dich in der Halle gefunden und sofort hierher gebracht. Rippenbrüche, Gehirnerschütterung und die Nachwirkungen des Giftes. Das dürfte dein momentaner Gesundheitszustand sein.«

»Gift? Ich erinnere mich. Kuhlbrodt hat mich mit einer Pistole beschossen.«

»Genau«, sagte Legat. »Eine Gaspistole Marke Eigenbau, mit der er seine Opfer umgebracht hat. Zusätzlich hat er dir noch eine Extraportion Gift aus der Spritze verpasst. Die Behrens'schen Nasenfilter und das Gegengift haben dir das Leben gerettet.«

»Gegengift? Was für ein Gegengift?«

»Janssen und der Toxikologie haben es in Kuhlbrodts Labor gefunden und zum Bahnhof gebracht. Als wir dich fanden, wurde es dir sofort injiziert. Gott sei Dank hat es gewirkt. Ohne das wärst du jetzt tot.«

Margret versuchte sich, im Bett aufzurichten, was ihm nur mühsam gelang. Legat half seinem Kollegen.

»Was ist mit Frau Rosen?«, dachte er plötzlich an die Psychologin.

»Die kommt auch durch«, erklärte Legat die weitere Lage. »Sie hat ebenfalls ein Gegenmittel bekommen. Sie war zwar schon etwas länger vergiftet als du, aber in der Spritze war eine weniger starke Dosis enthalten als in der Ladung, die der Täter auf dich abgeschossen hatte. Auch sie hat verdammt viel Glück gehabt.«

»Was ist mit Kuhlbrodt?«

»Anders Kuhlbrodt ist tot.« Legat zeigte Margret ein Foto des Psychopathen. In Kuhlbrodts Kopf klaffte ein Loch.

»Volltreffer. Vermutlich mit einem Präzisionsgewehr«, erläuterte Legat das Bild.

»Dann wart ihr also rechtzeitig da«, schloss Margret aus den Ereignissen.

»Einerseits ja«, bemerkte Legat. »Wir bekamen einen anonymen Tipp, dass sich der Gesuchte in einer Halle am Güterbahnhof aufhalten sollte. Wir hatten ja deine Spur verloren. Mit der Drohne konnten wir dich dann aber aufspüren und haben uns sofort in kompletter Besetzung am Eingang der Halle aufgebaut. Als das Signal von der Anstecknadel anging, sind wir sofort in die Halle rein.«

»Und andererseits?«, wollte Margret wissen.

»Tja, wir waren zwar rechtzeitig da, um dir das Gegengift zu geben, aber von unseren Leuten will niemand geschossen haben. Das ist schon seltsam.«

»War da sonst noch jemand?« Margret saß jetzt am Bettenrand und spürte, wie seine Lebensgeister langsam wiederkamen.

»Wir haben niemanden gesehen. Der Tatort ist abgesperrt und untersucht worden. Nichts. Als Beweismittel gibt es nur die Kugel in Kuhlbrodts Schädel. Die wird gerade untersucht. Na ja, und das Fachkommissariat, das bei Todesfällen nach Schusswaffengebrauch tätig wird, ist auch schon dran.«

»Stimmt, das ist seltsam«, bezog sich Margret auf den finalen Schuss. »Vielleicht ein Schutzengel.«

»Seit wann glaubst du an so etwas?«, spottete Legat.

»Mir ist das eigentlich egal. Hauptsache, der Psychopath ist tot und richtet keinen Schaden mehr an. Vielleicht gibt ja die Untersuchung des Projektils irgendwelche Antworten.« Margret versuchte aufzustehen, was ihm mithilfe des Oberstaatsanwaltes auch gelang.

»Du willst doch nicht das Krankenhaus verlassen?«, fragte ein besorgter Legat.

»Nein. Erst morgen. Jetzt habe ich Hunger und möchte in die Cafeteria. Hilfst du mir?« Margret hielt seinem Freund den Arm hin.

»Aber sicher, Herr Kommissar. Und was machst du dann morgen?«

»Morgen fahre ich in Urlaub. Was sonst?«

Legat schüttelte den Kopf und grinste. Sie hakten sich unter und verließen das Krankenzimmer Richtung Cafeteria.

55 Regen

Ungefähr zwanzig Minuten Fußweg entfernt vom Krankenhaus in einer alten Halle am Güterbahnhof von Nordstadt öffnete sich ein Bodengitter. Eine in Schwarz gekleidete Frau entstieg der Vertiefung und legte das Gitter sorgfältig zurück. In der Hand trug sie ein Gewehr mit Präzisionsrohr. Vorsichtig schaute sie sich in der großen Halle um. Keine Menschenseele zu sehen. Sie lächelte kurz und strich ihre Hose glatt. »Ein gutes Ende und ein noch besserer Anfang«, sagte sie halblaut zu sich.

In normalem Schritttempo verließ sie das heruntergekommene Gebäude und überquerte die nahen Gleise des Güterbahnhofs. Sie verschwand zwischen den Büschen am Rande der Gleisanlage.

Es regnete immer noch.

Credits und mehr

Dieser Kriminalroman ist ein Erzeugnis meiner Fantasie und beruht nicht auf wahren Ereignissen. Eine Ähnlichkeit mit lebenden oder toten Personen oder eventuelle Namensgleichheiten wären rein zufällig.

Etwas anderes gilt für das Geschehen um die Gerichtsvollzieherin in diesem Buch. Dieses ist durch einen Fall inspiriert, den das Amtsgericht Meißen verhandelt hat und in dem es tatsächlich darum ging, dass als Polizisten verkleidete Reichsbürger einen Gerichtsvollzieher festsetzten. Personen, Ort etc. wurden von mir verändert.

Der Schauplatz der Handlung, die Stadt Nordstadt, ist ausgedacht. Anleihen an Städte wie Osnabrück, Oldenburg, Hannover oder Emden konnte ich allerdings nicht verhindern und sind biografisch bedingt.

Ich danke der Polizeidirektion Osnabrück und dem Landeskriminalamt Niedersachsen für Unterstützung bei der Klärung ermittlungstechnischer und anderer Fragestellungen rund um den Polizeidienst. Ich habe versucht, diese Informationen bestmöglich einzuarbeiten. Ich kann allerdings nicht ausschließen, dass an einigen Stellen die *Dichtung* doch die *Wahrheit* überlagert. Das nehme ich dann auf meine Kappe.

Ich danke den *Osnabrücker Ersttätern* dafür, dass es sie gibt, denn das hat mich am Schreiben dranbleiben lassen. Ich danke den *Wiederholungstätern* für Rat und Unterstützung. Melanie Jungk und Martin Witte danke ich für die Durchsicht des Manuskriptes und ihre Anregungen.

Dem Autor Martin Barkawitz habe ich ganz besonders zu danken, denn sein Kurs *E-Books selbst erstellen* hat mich zum Schreiben und zum Veröffentlichen zurückgebracht. Ich danke ihm auch für wertvollen Rat.

Autor

Stefan Wellmann wurde in Hannover geboren, wuchs in Oldenburg auf und lebt & arbeitet in Osnabrück. Er hat Jura studiert, längere Zeit als Jurist gearbeitet und schon immer Kriminalromane oder komische Geschichten gelesen. Wenn er nicht gerade Fachartikel im Bereich Coaching verfasst, dann schreibt er eben diese Krimis und komischen Geschichten (*Flausen*).

Der frühe Vogel stirbt zuerst ist sein Krimidebüt.

Unter *111 Flausen* sind Kürzestgeschichten des Autors erschienen.

Webpräsenz: www.stefanwellmann.de

Bonusstück: Kein Mord vor Ort

Mein Kommissariat ist blitzsauber. In meiner Gegend wagt es niemand, einen Mord zu begehen. Hier ist, ich sach' mal so, eine »mordfreie Zone«. Hin und wieder ein kleiner Diebstahl. Das schon. Kleinigkeiten. Bagatellen. Aber Mord? Fehlanzeige.

Seit drei Jahren, also seit ich den Laden hier übernommen habe, ist der Bereich sauber. Klinisch sauber, wie im Krankenhaus.

Das spricht sich rum. Neulich war sogar die Presse hier. Prima Artikel. Und auch der Oberbürgermeister war voll des Lobes. Ein Vorzeigebezirk, sagte er. Zu Recht.

Natürlich gibt es auch Neider.

Vor allem Kollegen aus den umliegenden Gemeinden. Die reden davon, dass nicht alles mit rechten Dingen zugehe. Werfen mir unlautere Machenschaften und Tricks vor. Ohne handfeste Beweise. Lauter Verleumdungen. Pah! Die sollen erst einmal vor der eigenen Türe kehren.

Seit Jahren steigen bei denen die Mordfälle. Rezepte? Fehlanzeige!

Luschen! Allesamt Luschen.

Warten Sie mal kurz, bitte. Ein Funkspruch. Ja, Paul, ich höre.

Was sagst Du? Ein Toter? Etwa Mord? Mist.

Okay Paul, hör zu.

Wir machen es wie immer. Gut einpacken, keine Spuren hinterlassen und dann ab über die Bezirksgrenze. Ja, natürlich erst, wenn's dunkel ist. Wir wollen doch nicht auffallen. Und vor allem sollen die Kollegen ganz ohne Beeinflussung durch uns ermitteln dürfen. Das sind wir denen einfach schuldig.

Saubere Polizeiarbeit, Paul, hörste?! Wir liefern immer saubere Polizeiarbeit ab.

Und noch was, Paul. Lass Dich um Himmelswillen nicht erwischen.

Funkspruch over and out.

Anmerkung:

Die vorstehende Kürzestgeschichte (»Flause«) ist im Rahmen eines Wochenend-Workshop zum Thema Kurzkrimi (»Spannung auf engstem Raum«) des Westfälischen Literaturbüros in Unna e.V. unter der Leitung von Jürgen Kehrer und Sandra Lüpkes entstanden (mit anschließender Lesung).

111 Flausen (Auszug)

Bad Bentheim. Am gestrigen Sonnabend erschoss eine Frau ihren Ehemann und dessen Geliebte im Ehebett und dann sich selbst. Die Rekonstruktion des Tatherganges ergab, dass die Ehefrau zunächst die Geliebte erschoss, dann den Ehemann und dann sich selbst. Die Möglichkeit, dass zunächst der Ehemann aufs Korn genommen wurde und dann die Geliebte, besteht auch. Die Ehefrau war jedenfalls als letzte dran. Es soll sich dem Vernehmen nach nicht um ein Dreiecksverhältnis gehandelt haben, bei dem zufälligerweise ein Gewehr Verwendung fand. Die Polizei geht vielmehr von einem klassischen Eifersuchtsdrama aus, wobei die Ehefrau auf die Geliebte eifersüchtig gewesen sein soll. Dass auch die Geliebte auf die Ehefrau eifersüchtig war, schloss die Polizei durch ihren Sprecher nicht aus, war aber für den Tathergang mal wieder nicht relevant. Allerdings konnte eine Eifersucht des Mannes ziemlich sicher ausgeschlossen werden. Sachschaden entstand keiner bis auf leichte Verschmutzungen im Schlafzimmer verursacht durch den Tathergang. Dem Gewehr geht es den Umständen entsprechend gut.

Aus: Stefan Wellmann, 111 Flausen, Kürzestgeschichten. BoD, ISBN: 978-3-75280-270-2